SUNNY
LITERATURE
CLUB

七日晴◎著

【晴天文学社】

SUNNY LITERATURE CLUB

CηS 湖南少年儿童出版社
HUNAN JUVENILE & CHILDREN'S PUBLISHING HOUSE

图书在版编目（CIP）数据

晴天文学社 ／ 七日晴著. —长沙：湖南少年儿童出版社，2015.7

ISBN 978-7-5562-1353-5

Ⅰ．①晴… Ⅱ．①七… Ⅲ．①长篇小说－中国－当代 Ⅳ．①I247.5

中国版本图书馆CIP数据核字(2015)第146543号

QINGTIAN WENXUESHE
晴天文学社

责任编辑：刘艳彬
品牌运营：Sean.L
特约编辑：李　黎
视觉监制：611
文字编辑：袁　卫
原画监督：丹青show
装帧设计：小名鼎鼎　赖　婷　齐晓婷
插画制作：瑠
文字校对：后　鹏

出 版 人：胡　坚
出版发行：湖南少年儿童出版社
地　　址：湖南省长沙市晚报大道 89 号　邮　　编：410016
电　　话：0731-82196340（销售部）　　82196313（总编室）
传　　真：0731-82199308（销售部）　　82196330（综合管理部）

经　　销：新华书店
常年法律顾问：北京市长安律师事务所长沙分所　张晓军律师
印　　刷：长沙鸿发印务实业有限公司
开　　本：710 mm × 1000 mm　1/16
印　　张：16　　　　　　　　　　　字　　数：211 千字
版　　次：2015 年 7 月第 1 版　　　印　　次：2015 年 7 月第 2 次印刷
定　　价：29.80 元

致我最亲爱的家人、朋友和读者：

愿你们的生命里从此没有阴霾，只有最美的晴天。

CONTENTS 目录　晴天文学社

在你的眼中，春天是什么样子的？

是三月清风吹绿地球表面，柳树枝头新芽初绽的那抹清新嫩绿？还是春之女神的衣袍误坠人间后，化作的那片色彩斑斓的美丽花海？

在英国诗人霍普金斯的笔下，春天是这样的：

任什么也没有春天这样美丽——

摇曳的草蹿得又高又美又茂盛；

画眉蛋像低小天穹，

画眉的歌声透过回响的林木把耳朵清洗，听它唱，那感觉有如闪电轰击；

梨树的花朵和叶片光洁而晶莹，刷着下垂的蓝天；

……

诗人笔下的春天无一处不美，无一处不充满清新和喜悦，而坐落在城市西郊的明和学院，它的春天也呈现出一番清新又令人欢喜的景象。

天空仿佛被水洗过般湛蓝，牛奶白的云朵在蓝色的天幕上变幻出各种形状。

金色的阳光热情而明媚地洒落大地，就连空气似乎也被暖黄色的光芒感染。

校园里除了郁郁葱葱的观赏灌木和树林，还随处可见黄色的迎春花、淡紫色的绣球花、明红色的天竺葵、橙粉色的月季……如同争春之君王恩宠和眷顾的美人，一个个竞相怒放，路人的视线所及之处皆是一片花团锦簇，美不胜收。

在夹杂着青草气味的微风吹来时，一个穿着碎花雪纺裙的黑发女生双手抱着什么东西，紧紧地贴在胸前，穿过熙熙攘攘的人群，步履匆匆地从校园大道的入口走来。途经教学大楼前的广场时，她急促的脚步声惊得草坪上的鸽子如同飞机一般突兀起航。

"哗啦——"

这是翅膀和空气摩擦的声音。

"呼啦——"

这是奔跑的女生裙摆随风展开的声音。

此刻仿佛慢镜头回放一样，白鸽的翅膀缓缓地划过天际，隐没在远处高大的淡黄色建筑后；女生的碎花雪纺裙轻轻扬起又落回原处，随着女生的迈步再一次扬起又落下，如此反复循环。

这鲜活而动人的春天啊！

"当——当——"

校园中心建筑——H形的图书馆大楼，连接左右两栋大楼的巨大空中走廊外层，镶嵌着建校之初就陪伴这个拥有久远历史和浓厚人文气息的学院的巨大时钟。

此刻，黑色的雕花时针已经指向了8点。

伴随着越来越多的学生涌入学校大门，维瓦尔第明快的《四季》序曲通过广播流淌出来。

此时，黑发女生已经从校园主干道绕过了樱花大道，走过了未名湖，又经过了几栋优雅庄重的白色建筑，最后，她的身影在一栋被青藤覆盖的七层小楼里消失。

学生社团活动中心——这是这栋大概已经有十几年使用年龄的建筑的名字。

"噔噔"的脚步声来到了七楼走廊的尽头。

"啪嗒！"门被推开了。

走廊另一头，窗外吹进来的风仿佛还带着青草的气息，随着女生推门的动作灌进了室内。

淡蓝色的薄纱窗帘随风扬起，而与它一起被吹动的还有坐在窗边的男生的头发，他戴着眼镜，拿着一本书在阅读。

他的发丝仿佛比黑夜还黑，比春风还要柔软。白皙的手指轻轻掀起一页纸，"哗啦"的翻书声打破了室内仿佛与世隔绝一般的安静。

"我们的晴天信箱收到第一封求助信了！"

因为急速的奔跑而喘息不停的女生脸颊微红，一只手举起了刚刚一直按在胸口的淡黄色信封。

男生闻言，合拢手中的书，摘下眼镜，随意地放在了那本印着"瓦尔登湖"几个字的蓝色书皮上，朝门口微微侧过头，原本被眼镜遮挡住的容颜清晰地显露出来。

宛如春光一样明媚动人，乌黑的刘海儿垂在他的额前。他的眼眸是纯黑色的，如果对视的时间过久，会觉得他的眼睛能把人吸进去。他的鼻梁高挺，唇形优美，颜色绯红，配上堪称完美的脸部轮廓——这个明明是恶魔的家伙，却有着如天使般精致的容颜。

但是，漂亮的花总是有毒的。

那张美得令人嫉妒的嘴唇微微张开，一句瞬间让春天变成寒冬的话说出了口。

"夏千晴，这是你的第一个试炼任务。如果完成不了，那就从这个世界上消失吧！"

如果世界是天空，那文学就是驱散阴霾的太阳，带来晴天。

第一篇 / 歌德少年的忧伤

命运偏偏安排我卷入一些感情纠葛之中，不正是为了使我这颗心惶惶终日吗？

——歌德《少年维特之烦恼》

1.

命运有时候会在你的人生路途中来一个急转弯。

只是你不知道，这个转弯会发生在何时何地。

15天前。

夏千晴一直认为自己只是一个普通而平凡的女生：城市户口，三口之家的独生女儿，父母是都市白领，家境小康。自己外貌一般，成绩排名中等，并不特别讨老师喜欢，也不会被讨厌，没什么特长，爱好似乎也跟其他同龄的女生差不多。

啊，不对，就爱好方面来说，也许还是有一点点不同的。

她是一个爱好文学的人，她很喜欢看书，但不是现在的网络快餐文学或者漫画、杂志之类的书，而是文学名家名著，比如《蒙田随笔集》，比如威廉·福克纳的《喧哗与骚动》，比如司汤达的《红与黑》等等。在其他同龄人把课余时间花在逛街、打扮和追星上时，她一般会选择待在图书馆，周末甚至能待上一整天。

夏千晴曾经连续两个周末待在图书馆，看完了罗曼·罗兰的《约翰·克利斯朵夫》这部将近100万字的文学著作。

"这部小说就像一首气势磅礴的交响曲，阅读的时候仿佛能在灵魂深处敲出强烈的共鸣音，使我整个人大受震撼。我应该还会找时间再读一遍。"

之后，她的同班同学问起她周末做了什么的时候，她随口说出了自己上周末的"消遣"，并以上面那句话作为谈话的结尾。

回应她的是同学过度震惊和"你是个异类"的表情。

"夏千晴，你也太无聊了吧！好好的周末居然跑去图书馆看书！你以后是要去竞争诺贝尔文学奖吗？"

"对啊！周末我和天美逛商场碰到了EXO在办粉丝见面会，人好多哦！你不知道他们的人气有多高，所有女生都在尖叫……"

"EXO？是新生代作家吗？我记得最近好像没有知名作家来本市啊。"

在她的话出口后，不出意料地收获了两个大大的白眼。

"我服了你！你都不玩微博、不看娱乐新闻的吗？"

"连EXO都不知道啊……他们可是现在最红的人气偶像团体！千晴，如果不是我们从小学就同班，我绝对怀疑你是原始人穿越来的！"

"抱歉啊，我对那些不太关注……"

夏千晴在同伴惊讶的目光中露出了有点儿尴尬的笑容。

就是这样，相对大多数人来说，夏千晴是一个爱好偏离同龄人关注方向和趣味的奇怪女生。

喜欢看书，特别是喜欢看文学名著的女生，在这个连幼儿园小朋友都爱玩手机游戏、所有人习惯网络快餐文学、娱乐至上的浮华时代，的确可以算是异类吧。

何况她还抱着一个小小的期望——有一天能像她喜欢的那些伟大作家一样，写出感动很多人甚至感动世界的伟大作品。

"如果能写出一部那样的作品，哪怕立马死掉也没有遗憾了！"

那个让她的人生突然发生转折的午后，在图书馆三楼文学阅览室最末的一排世界名著书架前，黑发女生大大的眼睛里闪烁着名为梦想的光，为她普通的相貌增色不少。

但是很快——

"唉，果然是妄想……这么普通的我，怎么可能实现那样伟大的梦想呢？就连作文我都没有拿过满分呢……"

夏千晴叹着气，手伸向了书架上的一本书。

"不一定哦，夏千晴同学！"

突然，安静的阅览室内响起了一个诡异的声音。

夏千晴一惊，回过头，便看到了诡异的一幕。

身旁原本空无一人的两排书架之间出现了一个黑色的旋涡，旋涡边缘是闪着光的星云。

一个包裹在黑袍里的人从旋涡里钻了出来。

那人抬起手，将盖住头的帽子往后一扯，出现在夏千晴面前的是一张苍白而妖艳的脸庞——浓黑如墨的头发，深黑色的瞳仁，仿佛所有投入他眼里的光都会被那样的黑色消弭；剑眉修长，五官精致，美得不似人间之物。

当然，这个突然出现的奇怪家伙的确不是人类。

夏千晴的目光微微上移，看到了他头上两只尖尖的恶魔角，以及他身后不远处，投影在墙壁上的巨大翅膀。

"恶……恶魔……"

这个突然出现的家伙和《浮士德》插图上的恶魔如出一辙。

夏千晴被眼前诡异的一幕吓蒙了。

"啊啊啊——"

愣了几秒钟，她才大声尖叫，可奇怪的是，无论怎么喊叫，她的声音似乎都不能传出去。整个阅览室仿佛被一种奇异的力量与外界隔绝开来，再也听不到其他人的动静，也看不到其他人的身影。

她想跑出去求助或报警，可是身体仿佛被定在了原地，她不得不与对方面对面站着，无法逃离。

"你是谁？到底想做什么？"她全身的汗毛似乎都竖起来了，惊恐地问道。

"我的名字是兰斯洛斐，上古时期就存在的恶魔，而你是我找寻的第17代魔王殿下，我将辅佐魔王殿下征服整个世界。"

名为兰斯洛斐的恶魔微微一笑，眼里却丝毫没有对他口中的魔王殿下的尊敬。

虽然微笑着，但他视人如无物的眼神说明他的冷漠是自骨子里散发出来的。

夏千晴看到对方的眼神后，血液仿佛都被冻住了，心脏更是紧张得加速跳动。

天啊，她只是一个爱看书的普通女生，为什么会让她遇到如此奇怪而又荒诞的事情？

这会是别人安排的恶作剧吗？

可这个长角的男生刚刚真的是凭空从诡异的黑洞里出现的！

也许是她最近看了太多奇幻类著作，比如《爱丽丝梦游仙境》《格列佛游记》，难道是看了这些书后产生的幻觉？

她眨了眨眼，但面前的景象依旧存在，没有消失。

接下来的时间里，无法逃离也无法屏蔽自己感知的夏千晴，听到恶魔的一番讲述，才明白自己这次中了什么"大奖"。

与地球所在的空间平行的一个世界里，魔王因为征服世界失败而被那个世界的法则力量轰碎并驱逐，魔王之魂流落地球，失去记忆后附在人类身上，成为魔王继承者——因为初代魔王的执念太强，每一代被选中的魔王继承者不得不走上征服世界之路。

比如打下过大半个欧洲的拿破仑·波拿马？比如曾经称霸亚欧大陆的成吉思汗？

而面前这个突然出现的家伙，是与初代魔王签订过永恒辅佐契约的上古恶魔兰斯洛斐。

他是在虚弱期被魔王找到并强迫签下契约的，若想得到自由，他必须寻找到新一任的魔王继承者，帮助并且督促他们履行契约，直到完成初代魔王的目标任务——征服世界。

总之，这一世经过兜兜转转的寻找，兰斯洛斐找到了新一代的魔王继承者——也就是夏千晴。

"虽然以殿下此时的资质达成目标还有点儿遥远，但有我的辅佐，您最终会达成目标，并且实现您所有的心愿。"

恶魔露出一个美好的微笑，可是他邪恶的气质，以及巨大的翅膀阴影带来的压迫感，非但没让夏千晴放松，反而绷紧了神经。

实现所有的心愿？

哼，我才不会上当。《浮士德》里的魔鬼就是这样诱惑浮士德签下协议的，但魔鬼的真正目的是拿走他的灵魂。

夏千晴这么想着，但看着对方冰冷至极的眼神，笑意达不到心底的微笑，她只觉得自己明明早就治好的那颗蛀牙似乎又尖锐地疼痛起来，那种疼痛感占满了整个大脑。

怎么办？

因为之前种种超脱现实的事情，她不得不接受这个家伙荒唐的解释，但是——

"如果我拒绝……会怎样？你知道的，我只是一个普通的女学生，我对征服世界真的没什么想法……"她苦着脸，挤出一丝笑容，硬着头皮对恶魔说道。

"殿下，忘记告诉您了，之前的16任魔王，除了有一半是因为未能达成目标而意外死掉之外，还有一半是因为拒绝履行契约而消失的。千晴殿下，您也想尝试一下消失的滋味吗？"

恶魔嘴角的弧度增大。

"虽然要去找第18任有点儿麻烦，但我想，如果您消失得够快，还是能为我节省一点儿宝贵时间的，不是吗？"

她的心脏差点儿吓得跳出来。

夏千晴有一种窒息的感觉。

恶魔身上那种阴冷而沉重的黑色气息似乎快实质化了，她毫不怀疑，如果继续拒绝，这个恶魔会立马让她这个第17任魔王提前消失。

"我，我只是问问……"

夏千晴抹了抹额头上的冷汗，目光不断地转移，希望能找到摆脱目前这个可怕又危险的状况的办法。

如果拒绝会死，完成不了征服世界的任务也会死，那么她……

突然，她的目光落在了面前的书架上，这个书架上摆着的是历代获得诺贝尔文学奖的名家名著——

以《局外人》《鼠疫》唤醒整个时代人类良心的阿尔贝·加缪；

以充满自由气息和探求真理精神的《苍蝇》影响一个时代的存在主义哲学家萨特；

以《情诗·哀诗·赞诗》复苏了一个民族命运与梦想的聂鲁达；

以一本《霍乱时期的爱情》反映整个大陆生命矛盾的马尔克斯……

从某种程度上来说，他们也是靠自己作品的思想和魅力征服过世界的人……

一个念头如同一道闪电般在她的脑海里闪现。

如果魔王的目标是征服世界，那么，她可以选择自己喜欢的方式去完成。

"我答应完成魔王的目标任务，不过，让我用文学的力量来征服世界吧！"夏千晴睁大眼睛，一手握拳放在胸前，故作豪迈地说道，其实心里捏了一把冷汗。

气氛安静了几秒钟。

恶魔盯着她看了一会儿，看得她后背发凉。终于，恶魔停止释放那股充满压迫感的气息，嘴角微微上扬，说道："听起来似乎很有趣……既然前面那几任魔王继承人都没有成功，或许这次我们可以尝试一下你所说的新方式。"

就这样，第17代魔王继承人夏千晴，面对无法拒绝的征服世界的魔王任务，她做出了一个让她的人生发生转折的选择。

之前，她是一个爱好文学的普通少女，虽然憧憬着有朝一日自己能摘取某项文学大奖的桂冠，但还是没有足够的勇气和信心去实现这个梦想。

而在她做出选择后，她踏上了一条无法回头、必须以文学力量征服世界的追梦之路。

赌上自己的所有——热情、勇气、信心、梦想，甚至是生命，破釜沉舟，向着世界第一的文学家之路前进。

半个月后。

晴天文学社。

明和学院的谜之优等转学生蓝洛斐，也就是兰斯洛斐，特别向学院申请成立的新社团诞生了。

为何将社团命名为"晴天文学社"？

那是因为——

如果世界是天空，那么文学就是驱散阴霾的太阳，带来晴天。

学生事务公告栏上，有关这个新成立的社团的情况概括在一张纸上：

晴天文学社

社长：蓝洛斐 明和学院二年级

社员：夏千晴 明和学院一年级

本社宗旨：

以探讨、研究世界范围内一切优秀文学作品为主要活动内容，并接受一切能以文学知识与力量处理的合理请求和委托。新社员入社需接受每学年一次的严格考核，招新时间待定。

接受委托信箱：

晴天信箱：校园北大道口第五棵梧桐树下刻有风信子图案的白色铁皮信箱。

网络邮箱：sunnyliterature@sina.com

当然，这些都是表面上的功夫。

实际上，晴天文学社不过是兰斯洛斐这个恶魔为新一代的魔王继承者夏千晴特意设立的试炼场所罢了。

晴天文学社接到的第一个委托，是有人投了一封求助信在北大道口的风信子信箱里。

"告诉我怎样拒绝别人的告白，才能让对方死心而又不会受到伤害，一年级五班常远。"

常远？

虽然对娱乐明星不关注，但是"常远"这个名字夏千晴还是听过的。毕竟是同一所学院，人家又是校园风云人物，就算不刻意去关注，从周围其他同学的议论以及广播播报的消息里，也能知道一些关于他的事情。

他是校篮球队的主力，高大的身材，帅气的长相，加上不错的家世，中上的成绩，这样有才华、有相貌的校草级男生，一向是女生钦慕和追求的对象，在学院最受欢迎男生的排行榜上也总是名列前茅。

但是这样一个男生，居然向刚成立的一个小社团发了一封求助信。

怎样拒绝别人的告白，让对方死心而又不受到伤害？

直接彻底的拒绝，能破灭对方的最后一丝幻想，但不可避免地会对对方造成伤害。

而心软留情的拒绝，可能会给对方留下幻想的空间，继续死缠烂打也很麻烦。

没想到那个受欢迎的男生会有这样的烦恼呢。

果然事物总有两面性，太受欢迎也不是好事。

"还以为收到的第一封委托信会是代笔写情书呢。"

夏千晴看着摊开的信纸，有些烦恼地揉了揉额头。

毕竟大家一提到与文学相关的委托，就会想到代笔写情书这种事吧？听说学院另一个文学社，社员们也是接受其他同学代写情书的委托而赚点儿生活费的。

"有难度的委托才能充分证明你的潜力，不是吗，我尊敬的魔王殿下？"

完全是局外人态度的蓝洛斐坐在窗边观景角度最好的位子上，悠然地喝了一口锡兰红茶。学生社团活动中心所处地势较高，近可以俯瞰绿色林海以及右侧樱花大道，远可以观看环绕大半个学院的湖泊美景。

现在这间位于社团活动中心七楼最里面的活动室，有着一整面的大观景窗，应该是这栋楼视野最好的房间了。就是不知道这个恶魔是怎么申请到的。

唉，说真的，虽然自从遇见蓝洛斐这个恶魔，她就没碰到什么好事，但是至少现在这间宽敞、观景视野又好的活动室，以及进入图书馆高级阅览室借阅珍藏版本或绝版图书的权利，还是能让她稍微感到一点点安慰。

她摇摇头，赶走脑海里浮想联翩的念头，嘴角抽动了两下，心里暗暗地提醒自己：别被恶魔的小恩小惠打动了，那个家伙完全就是一个冷酷的监工，嘴上说着"尊敬的殿下"，但事实上完全是在压榨她。

除了摊上一个无比艰难的任务，还被迫恢复了什么魔王能力——这个稍后再说吧，她根本没有任何身为魔王的福利呢！

就好比现在，人家悠闲地赏风景喝茶，自己却要烦恼地揪着头发，想办法完成委托任务。

当然，不管心里多么不满，夏千晴还是不敢在蓝洛斐面前表现出来的。

"殿下，你有信心完成你的第一个试炼任务吗？"

蓝洛斐的目光落在夏千晴身上，明明嘴角勾起了，但他的目光带给夏千晴的是如冬天般的酷寒感。

"当然啦！我一定会完成这个任务，证明我的能力的！"夏千晴挺起胸腔，直面恶魔深不可测的眼神，站起身来大声回答道。

哪怕心里没底，但气势上可不能让这个恶魔小觑。

如果命运让你无力反抗，那么至少微笑着面对吧！

2.

拒绝是比接受更难的事情。

你有没有过拒绝别人的经历？

拒绝对方时，其实自己也害怕看到对方受伤的表情。

但是，我们所处的时代是一个没办法一直说"Yes"的时代，总有人会向你提出超出你接受范围的要求。

夏千晴记得自己小时候有一个很要好的玩伴，性格非常开朗热情，她喜欢跟别人分享所有的东西，包括自己咬过的食物；而偏偏夏千晴是一个有着洁癖的人，也许和妈妈是做医药护理工作以及从小受到的教育有关。她可以勉强接受分享玩具、书籍，但是食物，特别是已经被别人咬过一口的食物，抱歉，她实在是没有办法接受。

所以，当那个热情开朗的小伙伴把一个咬过一口的红苹果递过来，告诉夏千晴这是她妈妈从烟台带回来的苹果时，夏千晴挣扎了几秒钟，还是摇摇头拒绝了。

"对不起，我不吃别人吃过的食物……"

"你是嫌我脏吗？"小伙伴的脸上瞬间露出了受伤的表情，眼睛瞪得大大的。

"这样分享食物不太卫生……"

夏千晴有些忐忑地捏了捏手，努力想要解释，但是小伙伴听到她的话后，"砰"的一声，将那个被嫌弃的苹果丢到了垃圾桶里，然后生气地别过脸。

从那次之后，热情开朗的小伙伴就再也没理过她了。

爱分享的小伙伴后来找到了另外一个跟她志趣相投、能一起咬一个大苹果的好朋友，把夏千晴当成了空气般的存在，连她打招呼也不理。

那是夏千晴第一次拒绝别人，然后她失去了一个朋友。

不知道那个备受欢迎的校草常远，又是为了什么会发出那样一封委托信呢？

难道他跟她一样，因为拒绝而失去过什么吗？

午后。

晴天文学社活动室。

阳光透过大大的观景窗洒进室内，微敞开的窗户外，微风吹进来，发出沙沙的声音。

收到第一封委托信的夏千晴通过网络以及跟同班同学打听，搜集整理了有关委托人常远的资料。

看完常远的资料后，夏千晴联系上他，并且要他来晴天文学社的活动室一趟。

半个小时后。

一个穿着蓝色长袖T恤、双手插在黑色休闲裤口袋里的帅气男生走进了这间活动室。

看到宽敞的活动室以及可以俯瞰校园最美风景的超大观景窗，男生的眼里闪过一抹诧异。

奇怪，这间活动室是这栋活动中心楼条件最好的一间，为什么会划给一个新成立的小社团？

"你好，是常远同学吧？"

夏千晴看到这个东张西望的男生，连忙起身打招呼，至于旁边那个仍然沉浸在书中、仿佛对外界毫无感知的恶魔社长——蓝洛斐，要他招呼访客这种事，她真的不敢抱什么期望。

"嗯，没错，我是常远。"

常远点点头回应，在夏千晴的引导下坐到了东南角会客区域的小沙发上，礼貌地接过了对方递来的一杯水。

他疑惑地看了一眼自他进来就毫无动静、只顾看书的男生，又看了看面前这个有着清秀可爱的面容和一双黑亮灵气的大眼睛的女生——看来这个社团真正的主事人是面前这个女生，那个不管事的男生应该只是挂名吧。

如果夏千晴知道面前这个访客的想法，绝对会冒出一颗大大的冷汗：你完全想反了，我才是那个被支使、被压榨劳力的人啊！

"我是夏千晴，是晴天文学社的社员，那边那位是我们的社长。不过，你的这个委托将由我来处理。麻烦跟我说明一下你发出这个委托的原因好吗？"

"呃……我只是想要你们告诉我怎么拒绝别人的告白，还需要交代别的事吗？就像写情书一样，不需要知道对方是谁，只要写出一些肉麻的句子就可以了吧？"

常远眉头微皱，脸上露出不满的神情。

夏千晴察觉到对方的不悦，但是没有太在意，依旧笑眯眯地耐心解释道："不一样哦，常远同学。情书以及拒绝的话，都是一对一有针对性的。你总不会对一个短发的女生告白说'最爱你那一头乌黑亮丽的长发'吧？如果你希望我们帮你圆满地解决问题，那么一定要告诉我你所指的对象以及你自己的顾虑和一些想法。"

她的笑容就像薄荷糖一样清甜，让常远不自觉地放松下来。他皱着的眉头松开，叹了一口气，开始讲述他的经历。

"我喜欢你，请答应和我交往……"

长满绿色叶子的梧桐树下，一个扎着马尾辫的女生红着脸向对面的男生递出了手中粉红色的情书。

"交往？可以啊……"

男生愉悦的语气令女生惊讶得瞪圆了眼睛，随即她的身体因为激动而微微颤抖起来。

"真，真的吗？常远同……同学，你，你真的答应和我交往？"

喜悦之色浮现在女生秀气的脸上。

"呵呵，等到世界上所有的蟑螂灭绝后，就是我跟你正式交往的时候。"

男生眨了眨眼睛，嘴角露出恶作剧成功的笑容。

看到女生石化的表情后，他"唰"地一下将女生递到面前的信封撕成了两半，然后丢到了路旁的垃圾桶里。

男生的目光没有在女生身上多停留一秒钟，就摆摆手潇洒地转身离开了。

不一会儿，他的身后传来女生撕心裂肺的哭声。

男生走远后忍不住回头，看到那个女生从垃圾桶里捡起了被撕碎的信，信封上那个用油性笔画出来的红色爱心就好像一张哭泣的小丑的脸，格外刺目。

女生蹲在地上悲伤地哭着，身体颤抖得就好像秋风中的落叶。

男生微微皱了皱眉头，但是听到远处朋友的呼唤声，还是转过身，毫无顾虑地扔下了那个伤心的女生。

几个月后。

梧桐树叶变得更加茂密了，阳光透过密密麻麻的树叶洒落，投下一片斑驳的光影。

一个眼熟的男生和一个短发女生面对面站着。

似乎是同样的情景重现，但又似乎有些不一样。

那个男生的表情十分愤怒。

"你为什么要这样？明明你也喜欢我，不是吗？为什么不答应跟我在一起？"

"因为我现在才知道伤害小佳的那个人是你！那个拒绝她的告白还毫不留情地嘲弄她的家伙是你！像你这样霸道又自私，根本不考虑别人感受的人，我是不会喜欢的！"

短发女生咬了咬嘴唇，随后抬起头骄傲地直视对方。

"砰——"

暴怒的男生狠狠地踢了一下旁边的垃圾桶，巨大的声响吓得短发女生退后了两步，用警惕的眼神盯着他。

男生看到女生防备的表情后，心似乎被什么东西重重地捶了一下。

"你以为我要对你动手？在你心里，我是那种会对女生动手的人？"男生脸上露出受伤的表情，他握紧了拳头，紧紧地盯着面前的女生良久，然后气馁地放松了紧绷的肩膀。

"呵呵，我明白了！看来在你眼里，我真的什么都不是……"

男生转身离去。

不过，这一次他的背影显得异常萧索。

而那个带着防备之色的短发女生，看着男生颓然离去的背影，咬着嘴唇没有说话，一道晶莹的光在她的眼里一闪而过。

又做梦了。

一间简单整洁的15平方米的卧室，墙壁上贴着NBA篮球明星的海报，角落的衣帽架上挂着深蓝色白边的篮球服，而一个橘色的篮球安静地躺在墙边的地板上，沾满了灰尘，表明它的主人已经有一段时间没有碰过它了。

常远不知道这是第几次梦到上一周梧桐树下自己被拒绝的场景，而不可避免地，他又会想起更久之前，他恶作剧般地拒绝一个女生后，害那个女生痛哭流涕的情景。

"该死的，为什么我总是会想到那些？"

他烦躁地揉了揉头发，褐色的头发变得乱糟糟的，浓黑的剑眉紧紧地拧在一起。

"我做了什么罪大恶极的事吗？只是拒绝一个女生的告白而已……那个该死的家伙就用这种理由拒绝了我？"

身为明和学院非常受女生欢迎的风云人物，他总是会收到一些女生的情书，有的女生还会往他的课桌里塞礼物，有的会跟踪他拍照，有的会当面跟他告白……

虽然他并不讨厌自己成为大家注目的焦点，但是对过分热情、喜欢死缠烂打的花痴女生没有好感。

所以他一般会直接拒绝，但是，如果他拒绝的话说得太委婉，有的女生反而会产生错误的认识，对他继续纠缠。

他很反感对他死缠烂打的女生，所以他拒绝别人一般都十分干脆彻底。

但是这一次，他真的喜欢上了一个女生，那个女生却说他自私又傲慢的拒绝伤害了别人。

"我可是常远，我可是代表明和学院篮球队连续两年拿过全国MVP（最有价值球员）的人，她居然因为我拒绝过一个我连名字都不记得的女生，就拒绝我的告白……"

越想越生气，常远发泄似的抓起枕头，重重地投向了门后安装的简易练习篮球架。

"砰——"

三分"球"命中。

灰色的枕头卡在了篮圈中，但是他的脸上并无丝毫喜悦之色。

他现在只是一个因为感情而烦恼的少年罢了。

直到书桌上的电脑发出"嘀嘀"的收到新邮件的提示声，他才转移了注意力。

常远走到电脑前，拿起鼠标点开，发现是一封来自明和学院学生会的校务通知。

他看到了新成立的社团——晴天文学社那一栏。

可以用文学力量帮忙解决问题？呵呵，是代写情书或者作业吗？

真的很可笑啊！他遇到的问题可不是这种小社团能解决的……呃，等等，他的问题……他被拒绝的原因是他的拒绝伤害了别人？

那不是说明，如果他的拒绝不伤害到别人，他就有理直气壮的说法去回应那个拒绝他的女生了？

既然代写情书属于文学社的任务范畴，那么拒绝那些情书和告白，按理说也属于他们的任务范畴吧？

好不容易真心喜欢上的人，他不想这么快就放弃。

"田小雅，我会找到办法，证明我不是你想的那种自私又傲慢的人的！"

他颓然的脸庞上重新焕发了斗志。

常远看着网络邮件里那段有关晴天文学社的介绍。

北大道口的邮箱，好像是自己每天要经过的地方，那么随手写一封委托信试试吧。

如果这个小社团解决不了，那么就不要怪他发泄怒火，向学生会投诉它虚假宣传了。

一个太受欢迎的男生，因为拒绝别人的方式不当，他向自己喜欢的女生告白时遭到了拒绝。

"呃……如果我们晴天文学社没有帮你解决你的问题，你就要去投诉我们？"

听完常远的讲述，夏千晴有些哭笑不得地问他。

"那个……我只是希望你们真的能帮我解决我的烦恼。"

常远的脸上透出一抹红晕，之前虽然是那样想的，但是面对眼前这个笑容可爱而亲切的女生，如果不完成他的委托就会投诉的狠话当然不那么容易说出口了。

但是，他又担心如果不放出狠话，这个社团也许会很敷衍地处理他的委托，一时间有点儿为难，支支吾吾不好回答。

夏千晴从他的神情看出了他的心思，她摆摆手，语气轻松地说道："我明白你的顾虑了！放心吧，常远同学，我们晴天文学社一定会为你解决烦恼的！"

常远闻言，惊讶地抬起头望着夏千晴，看到她自信的笑容，心里也不禁少了几分不安，多了一些信心。

"那就麻烦你了……"

送走常远后，夏千晴脸上自信的笑容立马消失，她有气无力地趴在了自己的办公桌上。

"呵呵，魔王殿下，你刚刚不是还口出豪言，信心满满地说会帮人解决烦恼吗？"

那个假装雕像的恶魔——社长蓝洛斐带着讽刺的声音传进她的耳中。

"在委托人面前当然要给足他们信心啊！但是这个任务真的很麻烦呢……"

夏千晴愁得想把自己的头发一根根揪下来，她面前的桌子上摆着白纸和笔，但是上面一个字都没有写。

她强迫自己坐起来，拿起笔，一边打草稿，一边绞尽脑汁地思考。

如果是代笔写情书就好了，她会写得很快的。

"对不起，同学，你不是我喜欢的类型，请你以后不要再纠缠我了……"

不行，这么冷酷而刻板的文字，根本不会有什么"不会伤害对方"的效果。

"你好，你的情书我收到了。但是目前我以学业为重，所以请你还是多专注学业。期待有一天我们在更高级的名校学堂里成为一起进步的伙伴……"

啊！这写的是什么玩意儿啊？这种客套而虚伪的话，对方一看就知道是敷衍吧。

夏千晴在纸上打了几次草稿，就揉了几个纸团丢进了垃圾桶。

而这个时候，那个讽刺的声音又传来了。

"以千晴殿下现在的进度，离最后的目标差距太遥远了。殿下不要忘了，我答应殿下以这种新方式完成目标的第一个前提，就是在文学社积累足够的试炼积分，每一个委托我都会根据殿下的表现给予积分哦……"

"哗啦——"

纸上留下了一道扭曲的黑色痕迹。

没错，那个恶魔答应自己提出的那个看似荒诞的要求，是有一个前提条件的。自己必须在四个学年内，通过晴天文学社接受各种委托，用文学力量和知识去完成。每完成一次任务或者试炼，这个恶魔都会给予10～30不等的积分，四个学年内最少必须获得1000个积分，否则，她提出的"以文学力量达成征服世界的目标"将得不到他的认可，而她夏千晴的人生也可能会因此而提前结束。

所以，晴大文学社的第一个委托任务，不管怎样她都要完成。

好的开始就是成功的一半！

"我申请使用魔王觉醒的变异能力——文学导师幻境，给我的第一次任务提供帮助！"

夏千晴转过身，在那个压迫感十足、带着邪恶气息的黑发男生面前，她鼓起勇气，挺起了胸膛。

她的神经绷紧了，心脏怦怦地撞击着胸腔，似乎还产生了巨大的回声。

她的手因为对方气势的压迫而微微颤抖，但是她握成了拳头，坚持住了。

良久，蓝洛斐似乎对她勇敢的抵抗感到十分满意，收敛了故意散发出来的气势。

"如你所愿，我亲爱的千晴殿下。"

他微微颔首，行了一个标准的宫廷礼。随后他抬起头，双手在半空中舞动，绚丽的光从他的指尖绽放，在半空中旋转，形成一本本闪烁着水晶般光芒的书——

海明威的《老人与海》……

茨威格的《一个陌生女人的来信》……

吴承恩的《西游记》……

莎士比亚的《哈姆雷特》……

一本本名著的幻影在空中一一浮现，围着夏千晴和蓝洛斐不停地旋转。

文学导师幻境，即因为新一任的魔王继承者夏千晴主观意愿的改变而产生变异的一种魔王专属能力。

蓝洛斐将夏千晴阅读过的不同名著以幻影的形式展现出来，而夏千晴可以根据每个任务的需要，选择一本名著，从而进入一个特定的名著幻境，名著中的角色经历或者文学名家导师的指导将给予她不同的启示。当然，她也有可能借助文学导师或者名著角色某方面的能力来处理现实中的一些小状况。

夏千晴瞪大眼睛，仔细地在名著幻影中寻找自己想借助的文学力量。

突然，她伸出手，轻轻地碰触到一本随着她心灵的呼唤而飞到她面前的幻影名著。

18世纪德国作家歌德的成名作——《少年维特之烦恼》。

一时间，炽烈的白光大盛，占满了整个房间。

等到白光消失，房间里已经空无一人，只有清风吹动桌上纸页的"哗啦"声。

正面墙壁上的时钟，时针指向12点半。

"咔嚓"一声，时间仿佛被按下了暂停键。

3.

文学导师幻境——歌德的《少年维特之烦恼》

夏千晴还是第一次使用这个幻境能力。

当她进入幻境之后，发现自己成为了故事里的一只蝴蝶，是故事里的人看不见的透明蝴蝶。

原著是一本书信体的小说，开篇便是主人公维特的自白——

我终于走了，心里好高兴！我的挚友，人的心好生奇怪！离开了你，离开了我如此深爱、简直难以分离的你，我居然会感到高兴！我知道，你会原谅我的。命运偏偏安排我卷入一些感情纠葛之中，不正是为了使我这颗心惶惶终日吗？

随着这段叙述，一个敏感、热情而年轻的异国少年的模样浮现出来。

他有着清秀而苍白的面容，宛如星子般晶亮的眼睛，脸上带着愉悦的笑容，用书信向友人诉说自己的所遇所感。

蝴蝶振翅，飞到了这个少年的笔端，通过少年笔尖的文字以及他的回忆，和他一起经历。

维特来到了一个让他年轻的生命充满幸福和痛苦的山村。初来此地的时候，他爱上了这里的一切：山谷，幽暗的树林，山涧小溪，溪边的野草地，甚至草丛中的虫豸蚊蝇都令他欣喜。

就好像初入尘世的婴儿，对世间所有的事物都抱着好奇的态度。

蝴蝶跟随着热情而充满活力的少年经历着一切。

从山村的自然风光、淳朴的民风、活泼的儿童，到偶遇的贫民青年，从对方的口中得知他小心翼翼地爱慕着女主人的故事。

青年的爱情令他感到尊敬而激动——

如此纯洁的企盼，如此纯洁的热切的渴慕，我一生中还从未见过，甚至可以说，这样的纯洁我连想都没有想过，也没有梦见过。

倘若我告诉你，想起他那样纯洁无邪，那样真心诚意，我的灵魂深处也腾起了烈焰，这幅忠贞不渝、柔情似水的景象时时浮现在我心头……

直到他自己也遇到了一个可爱的人——绿蒂，一个中等身材、容貌秀丽、喜欢看书的姑娘，却是他见过的完美的天使，有灵性，淳朴，坚毅，善良，安静……

在维特的眼里，这个令他一见钟情的女生再完美不过。

他和她一起跳舞，仿佛世界上只剩他们两个。而悲伤的是，绿蒂——小镇法官的女儿，她已经订婚，哪怕再倾心维特，也不能跟他在一起。

维特陷入了感情的旋涡，加上绿蒂的未婚夫回归——绿蒂的未婚夫也是个很好的人，很爱绿蒂，对维特也很友好。这让维特更加烦恼和挣扎。

最终，他还是离开了绿蒂，离开了让他幸福而又痛苦的小山村。

但是不幸接踵而来，公使馆的工作中，官僚习气流行，上司对维特百般挑剔刁难；而维特结识的伯爵，本来关系渐佳，但一次偶然的邀约让维特遭遇了其他贵族的嘲笑和鄙视，就连伯爵也意外地疏远了维特。维特灰心辞去了工作。

辗转之后，维特再次回到了自己想念的山村，但是那个令他感到惊喜的山村已经物是人非。

熟悉的可爱的孩子死了，那个单纯地暗恋着女主人的贫民青年被主人的弟弟驱逐；而另外一位同样喜欢着绿蒂的青年因过失杀人被判罪，维特很同情对方，帮忙辩护，但是失败了。

而他对绿蒂的爱永远没办法结束。

最后，维特留下了遗书，结束了自己的生命。

维特是一个天真的、敏感的、不成熟的少年，但是他的爱太纯真、太沉重、太执着。

在他遭遇太多沉重的打击，想去心上人绿蒂那里寻求一点儿安慰的时候，明明对他有好感但是害怕被世俗指责的绿蒂拒绝给予他安慰，并且对他的爱感到麻烦和埋怨——

"为什么非要爱我，维特？为什么爱的偏偏是我？我已经是别人的人了，为什么爱的恰恰是我？我怕，我怕，我对于您的愿望所以有那么大的诱惑力，仅仅是因为您不可能得到……"

"难道世界上就没有一位姑娘能使您称心如意吗？下决心去找吧，我向您发誓，您一定会找到的；这一阵子您沉迷在这狭小的天地里自寻烦恼，早就让我为您、为我们担心了。下决心去旅行，旅行将会，一定会使您消愁解闷的！您去找吧，您一定会找到另一个令你钟情的对象的，那时您回来，让我们共享真正的友谊的温馨。"

绿蒂对于他的爱感到恐惧，她的态度应该是压垮他的最后一根稻草吧。所以被拒绝后，维特悲伤而凄凉地回到了家。

哭了一整夜后，隔天，他赶走了仆人，给绿蒂留下了一封封口的诀别信。

透明蝴蝶飞舞着，最后落在了那封信上。

……当你在美丽的夏日黄昏登上山岗时，请你想着我，想着我也曾常常爬上这山头，然后你遥望那边教堂墓地里我的坟墓，看那葳蕤的青草在落日余晖中随风摆动……

这是维特的信的结尾，这封信是要在圣诞夜送达绿蒂手上的。

维特死后，原著从其他人的角度，揭示维特在写完诀别信后再次去见了绿蒂。

绿蒂对维特的到访心生惶恐——她只想要安宁的生活，但是又不舍得这个爱慕自己的人离开，矛盾且纠结着。

而维特却没有向往日一样告白或纠缠，而是安静地坐在绿蒂身边，给她读往日的旧诗。

"黄昏之星呀！
你在西方美丽地闪耀，
你从云里抬起明亮的头，

壮丽地移步山峦。

你注目荒原，

为寻何物？

暴风已经停息，

从远处传来湍急的山涧淙淙，

咆哮的波涛拍击着……"

在他人的描述中，维特安静念诗的场景是故事真正的结局。

透明蝴蝶缓缓消失，隐没在空气中。

故事的幻境空间出现了水纹状的波动，随后整个幻境场景消失——美丽的山村，绿蒂，念诗的维特……全部消失。

晴天文学社的活动室内。

时针指向12点半，被按下暂停键的时间"咔嚓"一下，又继续向前流动了。

空无一人的房间里，空气里出现透明的水纹波动，随后一道耀眼的白光照亮整个房间。

白光消失后，房间里多了两个身影。

夏千晴的眼眶中还噙着因为维特悲惨的结局而感伤的泪水。

对面站着的是黑发黑眸、美貌惊人的恶魔社长——蓝洛斐。

"比起阅读，真正地进入故事的幻境里，跟随主人公一起经历那些悲喜挫折，让你的感受更深吧？"

蓝洛斐问还沉浸在故事最后一幕的夏千晴。

"是的，很不一样。维特最后的悲惨结局诚然跟他敏感、脆弱而天真的个性有关，跟那个时代社会上的不公与黑暗有关，但是，给予他绝望一击的是他全心全意爱着的绿蒂拒绝了他。

"在维特的眼里，那个并不是非常美丽的少女绿蒂，她的每一个表情都散发着独特的魅力，她的存在都能让他感到狂喜。在他眼里，绿蒂就是完美的天使。但是这个天使，一方面满足于维特纯真而炙热的爱慕，一方面又觉得维特不如自己的未婚夫可靠，可以给她安定的生活，对他若即若离，在他遭遇打击的时候，又想把他推远……

"暧昧犹疑的态度对暗恋自己的人来说是最糟糕的，而冷漠不近人情的拒绝、疏离的态度、对他的爱感到恐惧，是摧毁维特最后梦想的一股力量……"

夏千晴抬起头，眼眸如同水晶一样闪亮，她缓缓叙说着自己进入幻境后的种种感受。

"那么现在，关于晴天文学社的第一个委托，殿下，你有把握解决了吗？"

蓝洛斐微微勾起嘴角，露出一个诱惑至极的微笑，在夏千晴看来却是需要屏住呼吸、集中全部注意力、提高警惕才能避免陷入的危险陷阱。

"当……当然……"

夏千晴忙不迭地点头，心脏差点儿在他露出笑容的瞬间停止跳动，直到他走开，才大大地喘了一口气。

啊，真是的！

跟这个危险的家伙在一起，真是片刻都不能放松呢。

如果刚刚自己因为他的美貌而恍神，一定又会从他眼里看到嘲弄和讽刺吧。

恶魔从来都是玩弄人心于股掌的生物，不值得相信。

4.

青春年华，是一生中最珍贵的一段时间。

这是人类最有朝气、最具活力、最向上，就连情感都最纯洁美好的时期。

青少年时期表达的爱跟10年后成熟的爱并不一样。

首先，在把爱说出口之前，考虑的问题就不一样。

10年后工作有成的你，10年后面对一切问题游刃有余的你，10年后圆滑世故的你，10年后历经挫折的你，在考虑爱情这项人类必经的事业时，你会考虑对方是否有好工作，年收入是否达到一定目标，是否有不用还贷款的房子，是否有代步车……

并不是说所有人都会这样，但大部分人都会考虑这些。

而青春年少的你，对待爱情的态度是不一样的。

那个时候，如果喜欢一个人，一般都是因为对方很美好。

她喜欢你，是因为你美好，值得憧憬——

你的相貌，你的微笑，你打篮球时的英姿，你亲吻奖牌时的自信……

你喜欢她，是因为她美好，值得憧憬——

她的可爱，她的直爽，她跟你说话时不矫揉造作的态度，她把垂到脸侧的头发捋到耳后的小动作……

青春时期的爱是考虑得最少、最简单而又最直接的。

也许那样的爱还不够成熟完美，也许人家只是单纯地喜欢你帅气的容貌，但不可否认的是，她喜欢的是你本身拥有的东西——

相貌、才华、个性，而不是你的经济附加值。

所以，青春时期他人给予的爱，就像少年维特对绿蒂的爱一样——纯粹、简单、珍贵。

为什么少年维特的爱会让作者歌德一夜成名、受益终生？而不是中年维特，或者老年维特的爱？

并不是其他人生阶段的爱不够深、不够炽烈、不够感人，而是因为青春是人生珍贵的阶段，青春时最富有勇气和激情，顾虑最少；青春时的爱纯洁而执着，热烈而激昂，当然，也最容易遭遇挫折和打击。

青春时期的爱是纯洁的，是脆弱敏感的，是容易生烦恼的，当然也是……

值得你感恩的。

傍晚时分，课程全部结束了。

夏千晴拿着一张信纸，走到了明和学院的第三篮球场边。

在黄昏的暮光中，草绿色和白色分界线交织的球场上，穿着运动服的男生们正在奔跑，橘色的篮球在半空中画出一条弧线，球员们晶莹的汗水洒落在地上。

球场边，有抱着水壶或者书本驻足的女生，还有特意为了观赛坐到阶梯看台上的女生。

她们热情地欢呼，爱慕的目光投向篮球场上的人。

"嘟——"

口哨声响起，球赛结束。

穿着11号深蓝色球衣的男生走到了球场边，拿起地上的纯净水仰头喝了一口。夕阳的余晖映衬着他英俊的侧脸，他的动作引得周围女生的尖叫声更大了。

男生微不可察地皱了皱眉头，喝完水后，拧紧了瓶盖，从袋子里抽出白色的毛巾搭在了自己的脖子上，然后找了个远离场边的位子坐下，似乎这样就可以阻止吵嚷的声音进入自己的耳中。

真的很烦人，那些浅薄花痴的女生，为什么要像苍蝇一样在旁边吵闹呢？

在男生烦恼的时候，一阵轻快的脚步声传来。

一双杏色的皮鞋进入了他的视线。

他抬起头，原本准备发火，但是看到来人亲和力十足的微笑后，便忍住了。

"你是晴天文学社的……夏千晴同学？"

"是啊。常远同学，你的委托我已经完成了。"

夏千晴将手中对折的纸递过去。

"是这个吗？"

常远的脸上终于露出了放松和期待的表情，他接过那张折好的纸，打开了。

"告诉我怎样拒绝别人的告白，才能让对方死心而又不会受到伤害，一年级五班常远。"

以下是晴天文学社的回复。

"谢谢你的告白，你让我知道我的存在会令人欣喜和愉悦，这让我在地球70亿人口的竞争排名中又上升了几个名次，真的十分荣幸以及感谢你的注目。

但是很抱歉，我已经找到了让我更加欣喜愉悦、此生不渝的对象。所以，希望你收回对我的喜欢，在某一天交给更合适的、更好的人。

如果暂时想不开，也希望你能将你给予我的爱变成善意而亲切的关注，这样你会得到我最大的感谢。"

这是一封没有很多美丽的句子、气势的排比或者旁征博引的拒绝信，信里提到最多的一个词是"感谢"。

感谢你的喜欢，感谢你的关注，最后感谢你的理解。

因为知道爱很珍贵，鼓起勇气说出的表白也很珍贵……也许上次那封信是某个胆小的女生此生第一次鼓起全部勇气做出的尝试。

你玩笑般的拒绝，你冷漠的嘲笑，也许会击溃对方积蓄起来的勇气以及美好的憧憬。

你只是拒绝了自己不喜欢的女生，但是对于对方来说，你傲慢而冷酷的态度，你的嘲笑和戏弄，等于摧毁了她最美好的期待和梦想。

你有拒绝的权利，但是没有摧毁一个喜欢你的女生梦想的权利。所以，在拒绝别人的同时，也要感谢她。

常远看着那张纸默默不语的时候，担心他还不理解的夏千晴做出了以上的解释。

叮咚——

仿佛脑门上亮起了一盏小灯泡，常远的眼神从一开始的迷茫变为恍然大悟。

他想明白了！

常远猛地起身，将脖子上搭着的毛巾和手中的水一股脑儿地塞到了夏千晴的手里。

"我明白了，我明白了！谢谢你，夏千晴同学，我现在就去弥补我犯下的错误……"

就像一阵旋风一样，常远丢下夏千晴，飞快地冲了出去。

高大的身影逆着光奔跑远去，染上一层橙色的暖光，最后在视线里变成一个小小的黑点。

女生宿舍门口。

一个扎着马尾辫的女生抱着书本，垂着头，小心地躲避着其他人的目光，似乎恨不得自己能隐身。

自从上次告白被嘲弄后，她只感觉世界崩塌了，对方那句玩笑般的"等到世界上所有的蟑螂灭绝后，就是我跟你正式交往的时候"，摧毁了她好不容易积累和树立起来的勇气、信心和自尊。

"我真的太差劲了吧，所以他才会那样说……"

自卑和痛苦的阴云在她的心里越来越大，如果不抑制的话，不知道什么时候会让她彻底崩溃。

"对不起，罗佳同学，上次的事，我很抱歉。"

一个突兀的声音打断了她的沉思，罗佳抬起头，看清楚面前站着的人后，她吓了一跳。

她下意识地想拔腿就跑，但是对方低头鞠躬的动作还有道歉的话让她停住了脚步。

"你，你说什么？"

她犹疑地低声问着，就像受惊的小鹿一样瑟缩了一下肩膀。

"对不起……"穿着11号球衣的高大男生，褐色的头发因为长时间的奔跑出汗而黏在了额头上，他的眼眸里盛满了真诚的歉意，"还有，谢谢你的告白。可是很抱歉，我已经有了真正喜欢的女生，所以……你值得更好的人。"

周围的人停下脚步，好奇地围观学院颇有名气的男生和一个平凡不起眼的女生。

罗佳沉默了一会儿，突然，她的眼泪流出来了。

"啊……她哭了！"

"怎么回事？那不是篮球队的常远吗？他怎么……"

"不知道怎么回事。"

……

周围的窃窃私语声一下子喧闹起来。

常远因为罗佳的反应而紧张得不知所措，他连声说着"对不起"，又想拿出纸巾递给她，但是忘记了自己现在穿的是运动服，身上连张纸片都没有。

"对不起，真的对不起，你……你别哭，是我的错，那天我的态度太恶劣了……"

"不是的……"罗佳看到常远紧张的表情，虽然还在流泪，但是脸上露出了微笑，"我是高兴，没想到常远同学会特意来跟我道歉，跟我说谢谢，还说我值得更好的人……"

"我……"

在罗佳真诚的眼泪面前，常远的心里涌出了深深的内疚和自责感。他不知道该如何回应，来弥补对她造成的心灵伤害。

"谢谢你今天跟我说的一切……谢谢你，让我觉得自己没有太失败，没有喜欢上差劲的人……"

罗佳哽咽着，虽然以她平时胆小的个性，在这么多人的围观下她说话都带着颤音，脸更是变得通红，但她还是鼓起了勇气。

就像那天她鼓起勇气跟面前的男生告白一样，她鼓起勇气接受了他的道歉，并且说出了自己的祝福："祝福你跟喜欢的人一切顺利，常远同学，加油！"

罗佳伸出手擦了擦眼泪，然后飞快地抱着书本绕过常远，冲进了女生宿舍。

常远愕然地望着她离去的背影，微微惊讶后，放松了嘴角，露出了轻松的笑容。

"喂，你站在这里干什么？"

一个带着怒气的声音传来。

常远回过头，就看到自己喜欢的女生——田小雅，只见她左手提着一袋面包，右手抱着一盒泡面，脸上露出了非常凶的表情。

"刚刚那个哭着跑进去的人是小佳吧？常远，你是不是又对她说了什么坏话？"

非常有正义感的短发女生，苹果脸，头上总有两根头发不听话地翘起来。虽然个头娇小，跟一米八的男生差了二十几厘米，但气势上丝毫不弱于他。

这就是他喜欢的女生。

"没有，我是特意来跟她道歉的，而且她也原谅我了。"

之前一直避着他的田小雅主动和他搭话，让常远的心情陡然变得非常好。

"道歉？哼，你没骗我？那她为什么会哭着跑掉……"

田小雅看到常远的目光从自己手中的泡面上扫过，担心这个家伙又嘲笑自己是"饭桶"，下意识地把东西往身后藏。

"没有，她是因为不好意思。不信你可以问其他人，我绝对没有欺负她……"

常远微笑着请刚刚围观的女生做证，而其他女生也纷纷热心地点头证明，打消了田小雅的疑虑。

"那……好吧。你可以走了，不要待在这里造成女生宿舍门口的堵塞。"

田小雅的眼里闪过一丝亮光，绷紧的神经放松下来，她朝常远敷衍地点了一下头后，就要从他身边过去。不料常远手臂一伸，把她拦住了，还抢走了她手里的泡面。

"喂，你为什么抢我的晚餐？"田小雅急得跳起来去抢。

"小雅，吃泡面不健康，不如我请你吃饭吧。"凭借身高优势，常远很轻松地躲过了田小雅的攻击。

"哼，要你管！快还我……"

夕阳的余晖映照在打闹的男女身上，成就了完美的谢幕。

"就像世上所有的风都在寻找奏出最美声音的峡谷，

就像所有的溪流都想冲刷出最晶莹圆滑的鹅卵石，

就像所有期待爱的人都在等待刚好那个人也爱他……"

用手机完成了晴天文学社官方微博的一次更新后，夏千晴收到了署名为"恶魔社长L"的短信。

"恭喜你完成了第一次任务，获得积分10个。"

10个积分……好像是恶魔说的最低分。

明明自己完美地完成了委托，那个烦恼的少年——常远也解决了问题，为什么自己只得到了最低分？

不服气！

夏千晴狠狠地点着手机，发短信抗议并问原因。

等到头脑发热地将抗议短信发出去后，她又迟钝地想起对方可是自己惹不起的恶魔，于是有些忐忑不安。

10秒钟后，她收到了对方的回复。

"拒绝信写得太平庸，只点中了主题，没有丝毫文采以及情感共鸣。抗议驳回。"

通过这条短信，夏千晴仿佛看到了那个恶魔嘲讽的目光。

她打了个寒战。

虽然不甘心，但冷静下来想想，对方说的也没错。

获得10个积分后，离1000积分的初步目标还有990积分。

路漫漫其修远兮，不管怎样，她将继续运用文学的力量帮助别人……同时保住自己的梦想和小命！

如果世界是天空，那文学就是驱散阴霾的太阳，带来晴天。

名家TIPS：

歌德 （摘自百度百科）

约翰·沃尔夫冈·冯·歌德（1749年8月28日—1832年3月22日），出生于美因河畔法兰克福，德国著名思想家、作家、科学家，他是魏玛的古典主义最著名的代表。而作为诗歌、戏剧和散文作品的创作者，他是最伟大的德国作家之一，也是世界文学领域的一个出类拔萃的光辉人物。他在1773年写了一部戏剧《铁手骑士葛兹·冯·贝利欣根》，从此蜚声德国文坛。1774年发表了《少年维特之烦恼》，更使他名声大噪。

歌德最著名的作品是《浮士德》，这是一部颇富哲学意味的诗剧，跟《荷马史诗》、但丁的《神曲》和莎士比亚的《哈姆雷特》并列为欧洲文学的四大古典名著。

第二篇 / **莫泊桑与樱花文会**

生活不可能像你想象的那么好，也不会像你想象的那么糟。

——莫泊桑《一生》

1.

四月，樱花盛开的时节。

明和学院最有名的风景区——樱花大道，迎来了这一年人流量的最高峰。

明和学院是开放式的学院，每年的这个时候，总会有许多来这座城市旅游的游客，把来明和学院赏樱作为必经的一站。

因为外来赏樱的游客人数每年呈倍数增长，极大地影响了校园的交通以及教学环境，学院不得不在每年的四、五月采取闭门限制人数和外来游客购票入校的方式。

但是，人还是那么多啊。

低廉的票价并没有阻挡游客大军的脚步，对于往常安静的校园来说，樱花盛开的这段时间，校园就和节假日时其他的名胜景点一样，人声鼎沸，热闹非凡。

"不过是樱花而已，为什么这些人都争着买票来看呢？而且除了明和学院，其他地方也有樱花看啊！"

夏千晴站在活动室的观景窗边，望着楼下的樱花大道。

淡粉色、白色的樱花密密地簇拥在树枝上，远远看去像一片片粉色的云彩，但是除了樱花，那条大道上，樱花树下熙熙攘攘，人头攒动。从夏千晴的角度看去，就仿佛一个个黑色的小点，将粉白色云朵之间的空隙密密麻麻地占满了。

密集恐惧症患者看到这一幕，估计会晕厥过去吧。

"啧，因为你们人类就是这么肤浅、爱扎堆啊。"

推门而入的蓝洛斐听到了夏千晴的抱怨，漫不经心地接话，不等她反驳，便将一份报纸丢到了她面前。

"这是什么？"

夏千晴好奇地接过一看，才发现这是一份《明和校报》，校报的头版头条刊登的是一张樱花大道的俯拍远景图，而配着的标题赫然是——

"第七届明和樱花文会召开，参与者是去年的两倍……"

哦，是樱花文会啊。

夏千晴顿时明白了。

樱花文会是明和学院每年在樱花盛开的时节举办的一个限于学院内部学生参与的文学赛，最开始是由文学院的学生自发组织的，后来规模扩大，成为全校参与的大型活动。每期以樱花为主题，征集各种文学体裁的作品进行评选。

蓝洛斐将樱花文会的新闻给她看，不会是……

夏千晴有种不太好的预感。

"没错，你要代表晴天文学社参加这次的樱花文会。作品提交时间是下周五之前，我已经帮你报名了，剩下的就看你的表现了……"

蓝洛斐坐到了自己的专属座位——窗边的单人黑色真皮沙发椅上。蓝色的窗帘放下来，遮挡住窗外的喧嚣。

"等等，我还没说我要参加呢……"

这个恶魔也太我行我素了，怎么着她也是尊敬的魔王殿下，虽然没什么能力和气势，但不能总是这样不跟她商量就替她做决定吧？

"这次樱花文会也算是我给你的试炼，我会根据你的比赛结果给予你积分的。千晴殿下，别忘了你现在总共才10个积分，如果达不到我的标准……"

那她的人生就可能提前结束了。

想到恶魔曾说过的冷酷无情的威胁话语，夏千晴颓然地将头靠在了窗玻璃上，发出重重的"咚"声。

"我去……"

还不行吗？

可恶的恶魔！

等她有朝一日成为真正的魔王，恢复全部的记忆和能力，绝对要让这个家伙好看！

樱花文会，顾名思义，就是在樱花盛开的时节召开，并以樱花为主题进行的征文活动。

关于樱花有什么好写的呢？

写诗歌？

像唐朝诗人李商隐那种——

"何处哀筝随急管，樱花永苍垂杨岸。樱花烂漫几多时？柳绿桃红两未知。劝君莫问芳菲节，故园风雨正凄其。"

她的脑海里冒出一个老书生，一边赏花一边哀伤地摸着胡子，说道："樱花不知道能开多久呢，凡事盛极必衰，啧啧。"

或者是写小说，像日本动画作家新海诚那样诗意地写："樱花飘落的速度是……秒速5厘米。"

雨的速度是秒速5米，云的速度是秒速1厘米，樱花飘落的速度是秒速5厘米，而作者笔下的男女主角隔着13年的距离……

从学生社团活动中心出来后，夏千晴沿着石阶小路，朝着熙熙攘攘的樱花大道走去。她一边走，一边回想她看过的和樱花有关的文学作品。

蓝洛斐丢给她必须参加樱花文会的任务后，还给了她一个建议，要她这两天多去樱花大道上逛逛，或许能从自然美景中攫取不错的灵感。

离樱花大道近了。

嗡嗡的人声，"咔嚓"的拍照声，各类鞋子摩擦地面的声音……更加清晰地传入了夏千晴的耳中。

"这算什么樱花大道，明明是樱花菜市场嘛！景色就是被这些游客占来抢去的商品……"夏千晴一边小声嘟囔，一边加快了步伐。

小路和樱花大道的交界处两旁刚好有两棵高大的樱花树。

深褐色的树干虬曲着伸向天空，粉色、白色的花瓣在明媚的阳光下有一种水晶一般的坚硬质感——明明是柔软脆弱的花瓣，但是因为那剔透的颜色，美得坚毅。

夏千晴走到那两棵樱花树下的时候，刚好起风了。

微风吹起了她的裙摆和乌黑的发丝，她抓住一缕遮挡住视线的调皮黑发，睁大眼睛看着粉白色的小花瓣在空中飞舞，好像画一样。

"啊，快拍！"

"给我照一张花瓣雨，快点儿！"

"好漂亮！明和的樱花节果然名不虚传……"

"亲爱的，明年我要来这里拍婚纱照，好不好？"

……

扫兴的是，嘈杂鼎沸的叫嚷声把画质降低了好几个档次。

"前头的同学让让，你站在路口了……"

就在夏千晴忍不住发牢骚的时候，身后传来别人的提醒声。

"哦，对不起，对不起，我忘记了……"夏千晴反应过来，立马朝旁边移了两步，然后跟对方道歉。

不料，她的这一举动引起了一声小小的惊呼。

"啊——我的东西！"

是个女生的声音，好像是从她脚后跟的方向传来的。

她慢慢地低下头，看到自己的脚正踩在一块素色的亚麻布上，上面摆放的一些小物品都遭殃了。

天啊，又惹祸了！

夏千晴闭了闭眼睛，重重地叹了一口气，然后轻轻地抬脚，转身，没看清遭殃者的脸，就鞠躬赔罪。

"对不起，对不起！我不小心踩坏你的东西了……踩坏了什么麻烦你点算一下，我保证照价赔偿！"

"呵呵，没关系。这些也不值什么钱，同学，你别放在心上。"一个音量偏低但很活泼的女声回应了她。

夏千晴抬起头，就看到一个女生坐在小马扎上仰头望着她。女生穿着格子衬衣和牛仔裤，用黑色皮筋绑着简单的马尾辫，虽然肤色稍显暗黄，但是眼睛非常有神，脸上也带着亲切的笑容。

啊，还好是一个看上去很好说话的女生。

夏千晴稍微松了一口气，但是心里的歉疚也加深了，她回给女生一个微笑，便蹲下身看自己刚刚造成的"灾祸"现场。

大概四张报纸大小的亚麻布上摆着一些小工艺品，有樱花风景明信片，有粉色的串珠手链和手机链，有一些小小的塞着软木塞的玻璃瓶子，还有一些用樱花花瓣摆出不同图案的纸笺、书签等。

那些东西本来应该摆放得整整齐齐的，但是靠近路口的那角，东西已经乱了，玻璃瓶滚得到处是，而摆在前方的几张素雅的纸笺上多了半截非常不雅的鞋印。

真是……

夏千晴的脸上浮现出两抹红晕，看到那个女生整理摊位上的东西，她连忙手忙脚乱地去帮忙。

"啊，真的很对不起，同学，我今天应该是忘了带脑子出门……"

夏千晴一边帮忙把东西摆正，将被弄脏的东西收起来，一边向对方道歉。

"没事的，现在谁出门不会落一两件东西啊！同学，这些我来收拾就可以了……"

女生幽默地回应了一句，看到夏千晴帮忙，连忙推辞。一来二去，两人在微笑的客套中不知不觉拉近了距离。女生自我介绍，说她叫董玲玲，是新闻学院二年级的学生，趁樱花节这段时间来这里做点儿小生意，赚点儿生活费。

夏千晴闻言，转过头看了看四周。

樱花大道两旁还有比较宽敞的青石台阶，这个地方就是学生摆摊卖小东西的场所。

趁着旅游高峰期，卖些小工艺品或者风景明信片，也能赚几个小钱。一般是头脑比较灵活、想要锻炼自己的同学会在学习之余来当一阵子校园小贩，都是学生，斯斯文文的，也不会有什么欺客行为，所以只要不卖不好的商品或者违规占道，学院方面也允许了这些小贩的存在。

"同学，你卖的东西好像跟那边的人有点儿不一样呢。这些纸笺和书签，还有这些玻璃瓶，旁边那些摊位都没有卖呢！"

夏千晴好奇地拿起一个玻璃瓶放到眼前观赏，却发现玻璃瓶里装着三小朵粉色的樱花，晶莹的玻璃以及粉色的樱花在阳光的照射下显出一种别致的美，很快，就有游客发现了夏千晴手里的东西。

"哇，这个是什么？"

"看上去不错呢，多少钱啊……"

……

因为顾客的到来，夏千晴识趣地站到了一边，听着董玲玲面带微笑地向别人介绍。

"这个是我自己做的手工纪念品——樱花留影瓶。将捡来的一些小玻璃瓶洗干净，然后放进我捡来的樱花。樱花做了简单的处理，而瓶子里也是一个真空环境，大概能让樱花维持一个月的时间吧……"

"一个月？那也不错了，我想买些回去送人。嗯，这个呢？叫什么……"

"是我自己用捡来的樱花花瓣做的，每张图案都不一样，叫樱花纸笺……"

"我也想买两张，加三个樱花留影瓶，总共多少钱？"

"纸笺两元一张，樱花留影瓶五元一个，十九元！"生意做成，董玲玲麻利地将游客要的东西装好，并且热情地回以微笑，"谢谢惠顾，找您的钱请收好……"

游客满意地拿着东西结伴离开，而董玲玲把刚收到的钱整齐地叠好，放到一个朴素的钱袋子里。

看到夏千晴还站在旁边，她微微一愣，然后想起什么似的，拿起摊位上的一张樱花纸笺递过去。

"这个是……"夏千晴惊讶地问道。

对方递来的那张纸笺上，是用樱花花瓣和小木棍粘贴在一起形成的樱花树，淡淡的香味从纸笺上散发出来。

"送你啊！不打不相识嘛，我们也算是因你的一脚结缘，这张樱花纸笺可以当书签用，夹在书里会带着香气呢！"

"啊，不用！我不能要你的东西，刚刚还踩坏好几张了，我都没赔钱给你……"

"自己做的其实没多少成本，材料也是在这里捡的，没关系啦！"

董玲玲指了指身后，原来她身后的樱花树下摆着一块透明的塑料薄膜，收集着从樱花树上落下的花瓣。

董玲玲一边摆摊卖手工艺品，一边将薄膜上落满的樱花花瓣筛选，用一个小匣子装起来。

夏千晴注意到，这个女生虽然身处最具名气的风景带，周围游人如织，但是她去欣赏风景的时间很少，几乎没时间抬头。

她忙着招呼顾客，忙着整理摊位，忙着收集新的材料……夏千晴甚至还看到她的脚边放着一本《牛津英语词典》。

夏千晴还注意到了女生穿得有点儿朴素，穿着有些磨毛的鞋子。

看来她应该不是那种生活无忧、摆摊只为锻炼自己和体验生活的学生，而是在认真努力地赚生活费，还不忘记学习。

"好漂亮的纸笺，谢谢你啊，玲玲……"夏千晴望着女生热情爽朗的笑脸，知道对方是真心实意不介意她之前的鲁莽，也不再客气，接过了她送的东西，"但是，你这样也很辛苦吧？一边摆摊，一边收集材料，还要背单词……"

夏千晴指了指旁边的词典。

"没办法啊！这就是人生嘛，我现在多努力一点儿，我的未来就会更明亮一点儿！"

董玲玲小心翼翼地将薄膜上收集的樱花花瓣拢在一起，然后轻轻地拈起放入匣子里。

明媚的阳光从花枝间洒落下来，在她的身上跳跃，给她镀上了一道金边。

她的肤色在那一匣子粉色樱花的衬托下更显得暗淡，但是她眼睛里的光彩十分动人。

咔嚓——

似乎是生锈的大脑开始运转的声音。

在夏千晴的眼里，面前这个打扮朴素的女生，哪怕在周围那些美丽的樱花的衬托下，也能绽放出自己独有的光彩。

有关樱花的故事，她似乎找到方向了。

"玲玲同学，有件事我想找你帮忙，我报名参加了……"

夏千晴告诉了董玲玲自己要参加樱花文会，并且在董玲玲身上找到了灵感，所以她希望董玲玲跟她讲讲自己的故事。

董玲玲明白缘由后，大方地答应了。

"没想到我也能成为别人的灵感缪斯啊，还以为董家人里只有董永才能呢……"

"哈哈哈，玲玲，你真风趣！"

"言归正传，夏同学，既然以我为灵感，那么一定要写出让我觉得很棒的作品啊！"

"没问题，相信我吧。"

她可是必须用文学力量征服世界的人呢……

2.

董玲玲的故事——

董玲玲一直记得自己怀着欣喜又紧张的心情，把明和学院的录取通知书交给父亲后，父亲抽着旱烟，久久不发一语的场景。

"爸，我考上明和学院了……"

董玲玲小心翼翼地开口，看着灰色的烟雾从黄铜烟斗里腾起，父亲那张严肃而苍老的蜡黄色脸在烟雾中变得模糊起来。

"吧嗒吧嗒……"

父亲沉默地坐在门槛上吸着旱烟。

粗糙的木门虚掩着，门外是没铺水泥地面的院子，以及远处墨绿色的大山脊背线。门内是简单的家具摆设，除了一台笨重的小电视机，这个家里什么值钱的东西都没有了。

可想而知这个家庭的经济条件如何，还有董玲玲此刻紧张的心情是因为什么。

"学费多少啊……"

良久，父亲放下旱烟袋子，看似漫不经心地问了一句。

"5800元一年，住宿费800元一学期……"董玲玲声音颤抖地说出了几个数字。

"喀喀喀……"

父亲被烟呛得咳嗽了几声，将手里的通知书丢到一旁，然后将烟斗在门槛上磕了两下，倒出烟灰，才皱着眉头说道："5800元……哪里上得起啊！"

"女孩子读那么多书没用，你看看隔壁的萍姐，初中毕业就出去打工，到现在都赚钱给家里砌楼房了……"这个时候，从地里摘菜回家的母亲听到父女俩的谈话，忍不住插嘴。

她重重地将菜篮子放在屋檐下，然后搬了张板凳坐在门口，连水都没喝一口，就开始数落起自己的女儿。

"你也要想想我们家哪里供得起你，还有你弟弟上小学、上初中，那都是一笔开销啊！我们两个地里刨食的，哪里有钱供两个孩子读书！听我的，你别念了，跟萍姐去打工！"

"妈——"

听到母亲的话，董玲玲的眼圈都红了。

"我真的想继续念书。"董玲玲恳求地望向母亲，看到母亲无动于衷的样子，只好转向父亲求情，"爸爸，您答应让我去明和学院吧！我可以申请助学贷款的，生活费我也可以去打工凑……"看出父亲似乎不同意自己继续上学，董玲玲有些紧张地争取着。

"玲玲啊——"父亲叹着气，那双被贫穷压迫得暗淡的眼睛里透着一丝无奈和歉疚，"你知道我们家真的困难，你如果去打工，也能给家里减轻点儿负担，还可以多存点儿钱，以后你弟弟娶媳妇要建新房子……"

董玲玲本来因为父亲无奈的语气而生出了自己是不是太自私的想法，听到后面的话，她感觉自己的心一点点地冷下来了。

原来父亲要自己别念书，出去打工，是要给还在上小学的弟弟存钱建房子，好让他以后娶媳妇。

那个调皮捣蛋的弟弟才10岁，离结婚还有好多年，但是父亲已经为他考虑得这么远了。而自己这么迫切的愿望、近在眼前的梦想，父亲却视而不见。

"爸爸，如果我是您的儿子，您肯定会说就算砸锅卖铁也要让我去上学吧……"

董玲玲忍不住流出了眼泪，心里明白父母的天平总是会倾向弟弟，但是没想到在关系自己未来的选择上，他们也会倾斜得这么厉害。

"玲玲——"

自知理亏的父亲音量越来越低。

而一旁的母亲也丝毫不为女儿的泪水所动，在她的世界里，只有儿子的未来和近在咫尺的晚餐最重要，至于女儿……

他们这里的家庭都是这样对待女儿的，习惯了就不会有什么感觉了。

"哭什么哭，快点儿收拾好，等一下去接你弟弟回来吃饭。"

母亲呵斥了一句，瞪了董玲玲一眼，提着菜篮子从侧门进了厨房。

望着母亲冷漠的背影，董玲玲的眼泪似乎被什么冻住了。

在母亲的眼里，自己的眼泪还没有弟弟的一顿饭重要。

为什么她会有这样一个愚昧而偏心的母亲呢？

董玲玲抽了抽鼻子，擦干了眼泪。

心一阵阵疼痛，因为父亲的无奈，因为母亲的麻木，也因为这个家不仅贫困，给予她的爱护也是那么吝啬。

她绝对不希望自己的人生按照父母所说的那样走下去，也不想以后变成像她母亲一样的人，麻木而愚昧地面对不公平的现实。

拿定了主意，董玲玲将掉在地上的通知书捡起来。

"爸爸，不管您答不答应，我一定要去念书。我可以不花家里的钱，我可以申请助学贷款交学费，其余的钱我趁假期去打工，自己赚回来……如果有多余的，我会寄给家里补贴家用！"

董玲玲擦干眼泪，抱着通知书回到了自己的房间。

没办法选择出身，也没办法选择命运，但是董玲玲知道，靠自己的努力，命运和未来都有机会改变。

董玲玲后来联系自己的班主任，在班主任热心的帮助下，她了解了申请助学贷款需要的文件和一些程序。在开学那天，她收拾好行李，一个人踏上了通往省城的大巴。

父母没有来送她，董玲玲孤零零地抱着行李，踏上了自己选择的求学之路。

明和学院是她所在的省会城市，乃至全国排名前十的综合性高级学院之一。成功申请到助学贷款的她，终于能如愿以偿地留在明和学院学习了。

同寝室的三个室友，家境都较好，也是本市人，报到时间早一些。在董玲玲进去之前，三个人已经打成一片了。

在董玲玲进去打招呼的时候，三人的目光扫过她的穿着打扮，扫过她提着的破旧箱子和行李袋。三人交换了一下眼色，似乎对她这个新室友不太满意。

董玲玲察觉到了，但是她没有太在意。

如果能跟她们做朋友很好，如果不能，那她就做好自己。

于是，她微笑着跟她们打招呼，作自我介绍，那三个室友也客气而礼貌地给了回应。

这至少比她想象中的要好一些。

不过，那些人看到董玲玲打开行李袋，拿出辣酱罐头后，有个女生忍不住皱着鼻子说了一句："玲玲，你那是什么东西啊？我们寝室没有冰箱，不会变味吧？我可不想闻到什么咸菜味……”

“啊，这是我老家的特产……”也是她想着在前期节省伙食费才带来的。

学费和住宿费申请了贷款，她还跟老师借了300块当生活费，而她的家里没有为她出一分钱。

家里虽然穷，但是也没到出不起她的住宿费和生活费的地步，弟弟上个月生日，母亲给他买个玩具就花了一百多块钱。

董玲玲觉得，父母大概是想用这样的方式作为对她"不听话"的惩罚吧。

但是，她不会就这样被难住的。

经过了军训，熟悉了环境和课程安排后，董玲玲就利用课余时间找兼职。当然，她也知道不能为了赚钱就把学业丢到一边，那简直是自毁前程的行为，所以她尽量把兼职安排在没课的时候和周末，晚上会去图书馆自习，她还报名参加了两个社团。

她知道，不能因为贫穷就去过逼仄得透不过气的生活，不能因为贫穷就让自己的生活圈子也变得贫瘠。如果她想要广阔的未来，那么她在人际交往方面也要努力。

并且她也需要朋友，可以在她支撑不住的时候听她倾诉，给她鼓励，或者是能跟她一起为梦想、为更好的未来奋斗的朋友。没有人喜欢孤独地战斗。

在正式开学后，她就像一个陀螺一样忙得团团转。而这个时候她的室友在做什么呢？有的忙着购物打扮，有的忙着跟新交的男朋友煲电话粥，也有的因为家里早就安排好未来，所以早早地去上托福雅思班。

她其实也很羡慕她们，但是她知道，她没办法像别人一样轻松地得到她羡慕的东西。

起跑线上就输了的话，不要紧，在那些人放松懈怠、停滞不前的时候，你努努力、加加油，也许就能赶上。

如果命运将你抛弃在荒芜黑暗的绝境，那么除了你自己奋起拼搏，就没有其他办法了。

从一年级到二年级，董玲玲靠着周末和假期打工——做促销、当家教……这样一点点地赚够了自己的生活费及其他学杂费，成绩优异的她还拿到了一等奖的奖学金；她参演的话剧也拿过省内名校联合举行的大赛奖项，还得过学院英语演讲比赛的冠军……

要努力学习、努力挣钱、努力积累、努力过好，因为这是自己仅有一次的人生。

次日午后，阴天。

铅灰色的天空上，白色的云朵已经淡去，只有大片厚重的灰色涂抹在上面。

因为天气的缘故，樱花大道观景的人少了许多。

粉白色的樱花花瓣在半空中缤纷飞舞，像雨一样落在宽阔的道路上以及石阶上。

学生社团活动中心。

"玲玲真是一个很厉害的女生呢……"

跟蓝洛斐讲完董玲玲的故事后，夏千晴由衷地发出赞叹。

"然后呢？千晴殿下，难道你昨天一整天就是跑去跟人家聊天，打听人家的奋斗历程吗？樱花文会的事情呢？"

单手托着下巴、像君王一样端坐在皮质沙发椅上的黑发美少年——蓝洛斐不满地皱了皱眉头，眼里的冷意和警告的语气让正在兴头上的夏千晴止住了话头。

"我，我当然没忘啊！我只是想到了要写什么样的文章去参加文会……"夏千晴眨了眨眼睛，心里想着一定要让面前这个恶魔刮目相看，于是发出豪言壮语，"我这次绝对要从你手里拿到高积分……"

"有信心是好的，千晴殿下，那你这次需要用到文学导师幻境能力吗？"

"当然……而且我想到了我需要找的那位文学导师，蓝洛斐，帮我开启吧……"

想到昨日在樱花树下看到的一幕，夏千晴的嘴角露出了一个颇有自信的微笑。

明明是平凡至极的女生，但在那个帅气又危险的恶魔男生面前，她始终保持着信心十足、丝毫不比对方逊色的气势。

"如你所愿，殿下——"

蓝洛斐的眼里闪过一丝充满兴味的光，但很快收敛，黑色的眸子仍透着异于人类的冷漠。

话音落下，夏千晴上次见过的那个梦幻华丽的场景重现。

只见他伸出手，如同指挥家一般，双手优雅地在空中舞动，绚丽的小光点迅速从他的指尖飞出来。一本本由白色光芒组成的名著幻影在空中一一浮现，环绕着两人缓缓转动。

夏千晴瞥到其中一本书的时候，眼睛一亮。她轻轻一招手，那本书从半空中飞到了她的面前——

短篇小说巨匠、法国批判现实主义作家莫泊桑的《一生》。

她伸出手，触摸了那本书的封面，瞬间光芒大作。

房间内的两人一同消失，在光芒绽放的那一刻，被吸入了那部作品的幻境内。

"咔嗒——"

时间仿佛再次被按下了暂停键。

3.

文学导师幻境——莫泊桑的《一生》

开始的场景是下雨。

19世纪法国修道院，临街的窗户打开，一张青春靓丽的脸庞显露出来。

这是一个非常年轻漂亮、脸上绽放着光彩的少女。

她的相貌宛如韦罗内塞的一幅肖像画，那黄灿灿的金发仿佛给她的肌肤着了色；华贵的肌肤白里透红，覆盖着纤细的汗毛，仿佛罩了一层淡淡的丝绒，只有在阳光的爱抚下才能依稀分辨；一对明眸呈深蓝色，就像荷兰制造的小瓷人的眼睛那样……

这就是作品的女主角——雅娜。

莫泊桑的这部作品讲述的就是雅娜的一生。

不过，令夏千晴奇怪的是，这次自己没有变成透明的蝴蝶，而是身临其境到了故事里，有了实体。

虽然这个实体应该不是她本人的样子。

透过街边的积水洼打量，自己黑色的头发变成了深棕色，眼珠的颜色也变绿了，穿着灰扑扑的厚重的长衣服。

而同一个屋檐下，夏千晴身边站着一个金发棕眸、戴着礼帽、穿着黑色大衣、身姿笔直的法国绅士。

难道自己这次进入幻境，成为了故事里的一个角色吗？是什么身份呢？认不认识女主角？最重要的是，身边这位大帅哥跟自己是什么关系呢？

她忍不住开始浮想联翩。

不料英俊的绅士瞪了她一眼，一如既往的嘲讽语气很快打破了她的遐想："千晴殿下，这次我们只是成为了作品里并不存在的角色，当好路人甲，旁观就可以了。我们只是旁观者，是不能参与、干涉这个幻境里的人或事的，否则你就得永远留在这个幻境里……"

啊，果然是那个家伙——

逼她走上征服世界之路的恶魔蓝洛斐。

他也跟着自己进入了幻境，和自己一起扮演路人甲。

听到他的话，夏千晴的兴奋之情瞬间消失了："你的意思是我们除了偷偷观察主角，就不能做别的事情？"

"没错，里面的美食不能品尝，东西也不要动，哪怕别人的钱掉到你脚边，你也不能捡起。我们这一次是有实体的旁观者角色，书里的人物基本不会对我们有任何关注，只要不做多余的举动……"说着，蓝洛斐意有所指地看了夏千晴一眼。

那种非常不放心、不信任的目光让夏千晴感觉很郁闷，不过她也知道自己不能乱来，所以乖乖点头，答应一切照做。

而另外一边，从12岁起就被父亲送到修道院，过着与世隔绝生活的小雅娜也迎来了访客。

故事正式开始了。

雅娜出生在一个家庭和睦的破落小贵族之家，因为担心女儿受到当时社会新兴的资产阶级思想的影响，保守派的父亲将雅娜送到了修道院，一送就是5年。

故事开篇的访客就是雅娜的父亲，他来接长大的女儿回家。

童年在父母的呵护下成长，青春时期在封闭、简单的修道院里长大，造就了雅娜善良单纯的个性。

在修道院百无聊赖的生活也让她养成了爱幻想、爱憧憬未来的习惯，特别是期待爱情的到来——

"他"会是怎样一个人呢？

雅娜心中并不了然，甚至连想都没有想。反正"他"就是"他"。

她只知道自己会一心一意地爱他，而他也会百般体贴地爱她。

他们俩要在同样的月夜中，在朦胧的星光下一起散步，要手拉着手，身子偎依着身子，听得见两颗心的跳动，感觉到对方臂膀的温煦，他们的爱情和夏夜的自然甜美融合一起，二人到了心心相印的程度，仅凭相互间深情的力量，就能彼此窥透内心最隐秘的念头。

这种相亲相爱的情景，将在难以描绘的柔情蜜意中持续永生。

然而她最渴望的浪漫爱情，正是她不幸人生的开端。

雅娜跟英俊的子爵于连一见钟情，在父母的许可下结了婚。

婚前，于连相貌英俊，身材高大，风度翩翩，符合雅娜的所有憧憬。但是婚后，她发现自己的恋人并没有她想象中的那样温柔和忠诚。

蜜月归来后，于连仿佛变成了另一个人，接管了父母给雅娜的财产，压缩开支，对待贫民极其刻薄；风度翩翩的得体仪表也不见了，暴露出了粗鲁自私的本性。

更过分的是于连出轨，让和雅娜情同姐妹的使女罗莎莉生下了私生子。自私的于连害怕名声被牵连，将罗莎莉和私生子赶走，在雅娜的父母面前狡辩伪装，哪怕被戳破也毫无愧色……

雅娜对爱情和婚姻的美好憧憬因此而破灭了。

雅娜发现丈夫出轨的那个晚上，受到刺激的她穿着单薄的睡衣，赤足奔出了庄园，从旷野狂奔至悬崖边。

而作为旁观者的夏千晴，明明知道这只是作者虚构的故事，但是看着天真纯善的雅娜痛苦、崩溃的模样，她也很揪心。

在最开始的时候，雅娜就像是上帝最宠爱的孩子，她的人生光鲜亮丽，年轻的脸庞上仿佛散发着纯洁的圣光。

她无忧无虑，没有受过任何挫折，在她眼里，世界上的一切都是美好的。

但是……

跟于连结婚后，她原本纯洁而美好的世界慢慢地崩塌了。

雅娜站在悬崖边。

夏千晴看着面色苍白的雅娜，下意识地朝她走了几步，似乎担心她做出极端的举动，但是夏千晴的手被人拉住了。

蓝洛斐的语气带着一丝警告："不要忘记我跟你说的话。这里是文学幻境，并不是现实发生的事，如果你出手干扰，那么就一辈子留在这本书里吧！"

夏千晴这才打消了念头，夜晚的寒风吹得她一个哆嗦，但是被握住的手掌传来一丝暖意。

原来恶魔也是有温度的呢。

这个诡异的念头闪过脑海后，夏千晴才反应过来对方握住了她的手。

她立马别扭地挣脱开蓝洛斐的手，不知道是不是因为夜风太冷，把她的脸吹得有点儿发烧了。

雅娜最后被庄园的人找回去了。

原本可能就此心灰意冷的她，知晓自己有身孕后，重新燃起了希望。既然唯美的爱情和忠贞的婚姻已经破灭，那么她就把所有的爱和希望投注到自己孩子身上吧。

少女慢慢蜕变为人母，在保尔出生后，雅娜全心全意地照顾起孩子。除了孩子和父母，她对生活中的其他事情变得麻木，甚至在知道于连和一位伯爵夫人偷情后，也冷眼旁观，不理不睬。

习惯给生活涂上一层安常处顺的色彩，如同有些地方的饮水在器皿上积一层水碱。

她的全部心思重又用到日常生活的琐碎事情上，重又照看每天照例做一遍的平庸的营生。她身上滋长一种陷入沉思的忧郁、一种隐约的厌世情绪。

她到底需要什么呢？她还渴望什么呢？这连她自己也说不清楚。

她毫无世俗的需求，也毫不渴望人生的乐趣，甚至毫不向往可能得到的欢乐；况且，有什么欢乐可言呢？正如客厅里的扶手椅因日久月深而色彩暗淡了，在她看来，一切都要逐渐褪色，一切都要逐渐消泯，换上一种灰蒙蒙的色调。

从希望到失望，到绝望，又到新的希望降临……

纯真善良的雅娜始终以别人为中心而活着。

不料于连的荒唐惹出了悲剧，偷情的事情被察觉，于连和伯爵夫人被盛怒的伯爵推下了悬崖，双双毙命，而受到刺激的雅娜失去了自己还未出生的第二个孩子。

于连的死让雅娜忘记了他生前的所有缺点，她的心情重新变得平静，和父亲、独居的姨妈一起照顾唯一的儿子保尔。

三人对保尔的溺爱让保尔长大后变得骄纵任性、不学无术。长大后的保尔沉迷于赌博，抛下关爱他的亲人，和一个交际花私奔，还不断写信要雅娜帮忙还赌债和投机生意失败欠的钱。

雅娜的产业一点点地变卖，而关心她的父亲和姨妈也相继去世，雅娜在意的儿子除了来信要钱，就连亲人的葬礼都未回来参加过。

孤苦无依的雅娜在苍老又绝望的时候遇到了曾经的使女——善良的罗莎莉。

看到绝望的雅娜，罗莎莉安慰她：

"生活不可能像你想象的那么好，也不会像你想象的那么糟。"

这部作品的某位中文翻译后来阐发了作者的话——

生活不可能像你想象的那么好，也不会像你想象的那么糟。因为人的脆弱和坚强都超乎自己的想象，有时候，你可能脆弱得因为一句话就泪流满面；但有时候，你也会发现，自己咬着牙走了很长的路。

罗莎莉担负起照顾雅娜的责任，帮助雅娜保住了仅剩的财产，拒绝那个不孝儿子的来信要求，在卖掉祖传老屋后，重新给雅娜买了一套小小的新居，让她开始新的生活。

在新居安家的雅娜，此生唯一的愿望就是希望自己的儿子能回家看她。她决定最后再争取一次，给那个已经很久没有见过的儿子写信，哀伤地呼唤着：

"……当初你是我的生命、我的梦想、我唯一的希望、我唯一的爱，而你却丢下我，叫我多么想念啊！喂！回来吧，我的小不来，回来拥抱我，回到你的老母身边，老母绝望地向你伸出手臂……"

这就是一个如樱花般的女人的一生。

少女时期的无忧和对幸福的憧憬，恋爱时绽放的光芒和甜蜜，婚后的摩擦和丈夫的不忠带来的打击，溺爱的儿子长大后的背弃……

雅娜的一生宛如一朵花从花蕾到绽放，到遭遇风雨摧残，到枯萎，到零落成泥的过程。

看着雅娜苍老的面容和消瘦佝偻的身躯，夏千晴觉得她就像一支快要燃尽的蜡烛。

"离开的时间到了。"蓝洛斐提醒道。

夏千晴重重地叹息一声，最后看了雅娜一眼，回想着当初她天真的容颜，再对比此刻的苍老憔悴，一股心酸涌上心头。

再见，雅娜。

一阵白光在原地闪过，两人消失，没有一个人注意到。

文学幻境外，晴天文学社内。

空气中白光闪动，两个身影出现在房间中央。

停止的时间也再次开始流动。

安静了片刻后，夏千晴率先开口："喂，你知道我为什么会选这部作品吗？明明这个女主人公和董玲玲那么不同。"

"有时候我的确不懂你们人类的思维模式。"已经变回黑发黑眸正常人类样子的蓝洛斐皱了皱眉头，回答道，"你们总是会做出一些违反常规的行为，但也许这正是你们人类比其他生物有趣的地方吧。"

蓝洛斐的语气始终带着一种高高在上、俯视平凡蝼蚁的意味。

夏千晴很不喜欢这种感觉，但是她目前也没有办法反驳，只好将话题转回到自己选择《一生》的原因上。

"因为我觉得雅娜和董玲玲都是像樱花一样的人。雅娜像樱花纯洁、美丽、脆弱的一面，她纯洁善良，但是个性过于柔弱，一生的希望始终寄托于他人，落得老年孤苦伶仃；而董玲玲，她更像是被人忽视的沉默又坚强的樱花树干，而那些盛放的樱花是她的灵魂偶尔散发出的美丽光泽。樱花花瓣易被风吹落，而樱花树干无论酷暑寒冬，始终屹立在那里……

"《一生》的基调在我看来是有点儿悲伤的。莫泊桑把雅娜少女时期的天真、青年时期的愁闷悲苦和中老年时期的落魄苍凉刻画得非常细腻和出色。但是这个故事也有不悲伤的一点，就是无论何时总会有新的希望。

"雅娜被丈夫背叛，但是她迎来当母亲的喜讯；雅娜的母亲去世，父亲和姨妈给了她关爱和照顾；雅娜的独子离家出走，连累雅娜，让她家产败光，但是穷途末路的时候遇到了故旧好友，得到了人家热心周到的照顾，开始新的生活……在主角绝望之后，作者总会赋予她新的希望。就像我们每个人的人生一样，既不像我们想象的那么好，也不像我们想象的那么坏……

"上次你给我最低分，说我的情感共鸣不够，所以我特意找了这部作品。因为我也是女生，所以这本描绘一个女性一生的书应该能加强我这方面的表达……"

最后，夏千晴做了如上总结。

"看来你这次很有信心呢。"蓝洛斐勾起嘴角，微笑从他的嘴角一闪而过，让夏千晴看呆了。

为什么这么美的人偏偏是恶魔呢？

"我会努力超越上次的！"

夏千晴收回放在对方脸上的目光，眼观鼻、鼻观心，以免自己刚刚花痴的样子暴露，遭到恶魔的嘲笑。

"不要忘记活动的截止日期。"

蓝洛斐最后提醒了一句。

"我知道啦！等上完下午的必修课回来，我就开工……"

夏千晴瞥了一眼时钟，发现快到下午上课的时间了，匆匆拿起自己的包出了门。

4.

生活不像我们想的那么好，也不像我们想的那么坏，这就是人生真实的状态。

痛苦和幸福都是人生的一体两面。

对于夏千晴来说，读自己喜欢的书，和家人、朋友平淡的日常生活，哪怕是一起散步10分钟，这也是她人生的幸福。

而痛苦就是考试考砸后的颓废，是没赶上7点半的公交车，是突然得知自己成为魔王继承人，被一个冷酷的恶魔逼着去征服世界……这样的事都是或大或小的麻烦和痛苦。

因为有过痛苦和不幸的经历，所以面对幸福和幸运的时候，她会更加珍惜。

人生也会因为不同的选择、不同程度的努力或放任而变好或变坏的。

有的人从出生就拿到一手好牌，什么都拥有，但他如果无心向好，那手好牌也会打得稀烂；

有的人运气不好，出生拿到一手坏牌，但是他想着要逆流向上，想着变好，那么他凭借最初的烂牌也可以翻身成为人生赢家。

就像夏千晴在樱花树下遇到的那个女孩——董玲玲。

她记忆尤为深刻的一个画面——

头顶是粉白的樱花，前面游客如织，众人有的伸手去抓飞舞的樱花花瓣，有的在樱花树下摆造型，有的望着樱花流露出惊艳的神情，有的在相机的镜头前大喊"茄子"……

那热闹而美丽的画面的一角，摊位旁的一个平凡女孩正弓着身体，弯腰捡拾地上的花瓣。

樱花在枝头、在空中飞舞时被所有人注目，但是落下后无人关注，任其零落成泥。只有那个叫董玲玲的女生，她细心地捡拾起樱花花瓣，在它们被人踩入尘土前，将其制作成精致的手工艺品，延续它们的芬芳和生命。

与其抬头看那些总会凋落的樱花，不如低头专注这个女孩永不褪色的美。

安静的夜晚，回到家里的夏千晴打开了电脑写作。

她的脑海里回想着《一生》里的经历，进入文学幻境后身临其境的感觉为她的写作提供源源不断的动力和灵感。

很快，一篇名为《樱花树下的女孩》的记叙性散文完成，夏千晴打开邮箱登录，然后上传文章，点击"发送"。

文章很快发到了樱花文会的收件邮箱。

夏千晴伸了一个大大的懒腰，目光不经意间瞥到桌面立体夹上夹着的樱花纸笺，忍不住露出了微笑。

粉白色的樱花树真美！

明和学院女生宿舍区16栋405寝室。

一个女生迅速收回投向窗外的目光，然后拉紧了窗帘，和另外两个躲在门口的女生窃窃私语。

"喂，你们准备好了吗？她进宿舍楼了……"

"好了，好了，快点儿，等她一进门，我们就……"

"这下一定要让她'好看'！"

"嘘——"

女生宿舍的走廊上，绑着马尾辫的董玲玲背着一个大背包，手里还抱着两本厚厚的书，朝寝室方向走来。

走到405寝室门口，她一推门，门没动；又敲了敲，里面也没人回应。

"难道她们三个都出去玩了？"

董玲玲疑惑着，从口袋里摸出了钥匙。

钥匙转动后，门锁开了，在董玲玲准备推门的瞬间，有人用力地从里面打开了门，然后——

"砰砰——"

两声脆响，一捧五颜六色的礼花带和彩色碎纸屑就飞到了董玲玲的头上。

她还惊愕着，就听到一个声音喊着："Surprise（惊喜）！"

接着，一个冰冰凉凉又软糯的东西糊了自己一脸。

她伸出舌头一舔——是甜的。

蛋糕、礼花，还有……

"董玲玲生日快乐！"

"如果不是我们从班长的花名册那里看到你的信息，还不知道今天就是你的生日呢！"

"寿星婆，你的造型好好笑啊，来，给你一个最美的留影……"

欢笑声和相机的"咔嚓"声传入她的耳中。

抹去遮住视线的蛋糕，董玲玲看到自己的三个室友一个个带着古灵精怪的笑容，热情地对她说着祝贺的话。把她迎进去，放下书和背包后，三人簇拥着她坐下，给她戴上手工制作的皇冠。那个糊了她一脸蛋糕的室友又变魔术般端出了一个堆满水果、撒满黑色巧克力碎屑的蛋糕，上面插着点燃的蜡烛。

"祝你生日快乐，祝你……"

耳熟能详的歌声伴随着掌声一起响起。

"你们……"

董玲玲心里有许多情绪激荡着。

她都忘记了自己的生日，因为她的生日向来就不受家人重视，来到这里后，她忙着打工、忙着学习，也没有心思给自己过生日，但是没想到三个室友知道后，给她准备了这么一个惊喜。

虽然最初的时候，三个室友对她的态度有点儿疏离，但是随着时间的流逝，哪怕差距再大，朝夕相处的四人关系也慢慢变得融洽起来。更何况，董玲玲的认真努力也得到了其他三人的认可。

端蛋糕的人是蔡丽，是喜欢跟男友煲电话粥、爱唱歌的长腿妹子；

扮蜘蛛精喷彩带的人是莫雨，小名"小莫莫"，家里条件非常好，正在考托福，毕业后就会出国深造；

拿相机笑得最大声的是最活泼的黎星星，外号"猩猩"，是个神经大条、说话也直来直去的交际达人，最初怕董玲玲的辣酱罐头有味道，最后却吃掉了大半罐的人就是她。

"谢谢你们给我过生日，我很高兴，没想到你们会给我一个这么大的惊喜……"

董玲玲说着，眼泪就要涌出眼眶了。

想到以前自己只是羡慕地望着弟弟的生日蛋糕，就被母亲呵斥说自己嘴馋的场景，再看看室友们此刻围在身边，真诚地为她庆祝的样子，一种心酸又感动的情绪充斥着董玲玲的胸腔。

董玲玲说不下去了，眼里闪烁着晶莹的泪光。

"今天是你的生日，可不许哭鼻子……"

"玲玲忍住啊，忍住，就算我们让你感动了，也不能哭啊！"

"先许愿！许愿前不许流眼泪……"

其他三人连忙阻止董玲玲掉泪，要她许愿吹蜡烛。

董玲玲点点头，一口气吹灭了蜡烛，然后认真地在心里许愿——

愿这一刻的情谊能永远保持。

"好了，玲玲，你的愿望绝对会实现的！"

"你有没有许愿白马王子快点儿驾到？"

"玲玲才不是那么俗气的人呢！再说白马王子有我帅吗？玲玲有我就够了，对不对……"

活泼的室友耍宝笑闹，和董玲玲乐成一片。

刚刚熄灭的烛光仿佛又在董玲玲心里的某一个角落点亮，投下一片温柔的暖意。

所以，无论生活多么艰难，她都不会放弃的。

她努力是为了创造更好的生活，也是为了遇到更好的、能给予自己温暖的人，就像面前的这三个女生。

要一直加油啊，董玲玲！

五月一过，樱花盛事也冷却下来了，与之相关的樱花文会活动也落下了帷幕。

明和学院校报上刊登了获奖作品的前三名。

第一名是文学院一个男生写的樱花古体词，第二名是根据"樱花树下埋着尸体"而写的悬疑微小说，而第三名的作品，名字是《樱花树下的女孩》。

据说，这篇作品登出后，虽然过了樱花节，但是特意跑去樱花大道光顾董玲玲生意的人也变多了。

董玲玲还特意发短信感谢夏千晴，说谢谢夏千晴的广告，让她成为知名的校园小贩，甚至还有其他小贩跟她订购樱花纸笺、樱花留影瓶这两样东西去卖呢。

学院方面也知道了她的困难，在樱花彻底凋落后，她应该会去学院安排的助学岗位做事。

这是这篇文章带来的好的一面，至于坏的一面嘛……

公布樱花文会结果的校报出来的那天，面对蓝洛斐略带嘲弄的目光，夏千晴恨不得挖个洞把自己埋起来。

因为自己之前数次在他面前自信满满地说一定要让他刮目相看、拿到高积分，但是没想到自己只拿了第三名。

不过，她也看了前两名的作品，古体词用词精美，悬疑微小说布局精致，得冠亚军名副其实。

"千晴殿下，这次只是校内比赛，你的作品也只拿了第三名。"蓝洛斐站在夏千晴面前，阴影笼罩着她，让她很有压迫感，"所以你的积分……"

"我知道了，对不起……"

最低分就最低分吧。

夏千晴埋着头郁闷地想着。

"15分。"

"呃？"

不是10分，而是15分？虽然不是最高分，但是居然比上一次还高，这是怎么回事？

夏千晴猛地抬起头，疑惑地望着对方。

"因为这一次的作品中情感共鸣的部分改进了。虽然千晴殿下没有拿到理想的成绩，但这一次的试炼至少让我看到了千晴殿下的成长，所以有加分。"蓝洛斐平静地解释道。

"啊！蓝洛斐，你真是一个通情达理的大好人！"

逃过最低分命运的夏千晴立刻满血复活，飞快地起身，朝对方鞠了一躬。

如果不是顾忌对方的身份，说不定她还要给他一个大大的拥抱。

结果被拍马屁的恶魔根本没有丝毫高兴之色，反而冷着脸走开了。

对于对方的变脸，夏千晴一头雾水，心里嘀咕着：恶魔的心思真的很难猜啊！

唉，她怎么会想到，对于一个恶魔来说，夸他是大好人，就和骂天使是无恶不作的坏蛋一样耻辱呢？

名家TIPS：

莫泊桑 （摘自百度百科）

居伊·德·莫泊桑（1850年8月5日—1893年7月6日），19世纪后半叶法国优秀的批判现实主义作家。人称"短篇小说巨匠"，与契诃夫和欧·亨利并称为"世界三大短篇小说家"，对后世产生极大影响。莫泊桑去世时，爱弥尔·左拉致悼词，并预言莫泊桑的作品将永垂不朽，将是"未来的学生们作为无懈可击的完美典范口口相传"的作品。

莫泊桑出生于法国诺曼底的一个没落贵族家庭。中学毕业后，普法战争爆发，他应征入伍。两年的兵营生活使他认识到了战争的残酷，祖国的危难启发了他的爱国思想。战争结束后，他到达巴黎，先后在海军部和教育部任小职员，同时开始了文学创作。1880年，完成了《羊脂球》的创作，轰动法国文坛。之后离职从事专门的文学创作，并拜师居斯塔夫·福楼拜。10年间，他完成了300多个短篇小说和6个长篇小说。其中许多作品流传甚广，尤其是短篇小说，使他成为一代短篇小说巨匠。长篇有《一生》《俊友》等；中短篇有《菲菲小姐》《项链》《我的叔叔于勒》《一个女雇工的故事》等。

第三篇 / **短篇之王欧·亨利的礼物**

经过了漫长一夜的风吹雨打，在砖墙上还挂着一片藤叶。它是常春藤上最后的一片叶子了。靠近茎部仍然是深绿色，可是锯齿形的叶子边缘已经枯萎发黄，它傲然挂在一根离地二十多英尺的藤枝上。

——欧·亨利《最后一片叶子》

1.

"我还有多长时间？"

"你已经是肝癌晚期，就算坚持治疗，最多也就半年，但通常也只剩两三个月了……你要安排好后事。"

"我知道了，谢谢你，谢医生。"

"唉，谁也没想到你会得癌症。对了，你告诉家里人了吗？最后的时间还是好好利用起来……"

"我老公知道，我儿子……还没跟他说……"低低的啜泣声响起。

"唉，总之你还是放宽心，好好走完最后这段日子吧。"

"我知道了……"

带着浓重哭腔的声音响起之后，是一片压抑的沉默。

星期二的上午只有两节课，上完课，夏千晴就背着包跟同学告别，出了教学楼。

她想起今天是图书馆新书入库的日子，文学阅览室应该会新增一些书，比如今年获得诺贝尔文学奖的帕特里克·莫迪亚诺的《暗店街》、日本直木奖的获得者姬野嘉卫兵的获奖作品《昭和之犬》等。

"是时候给自己补充一下精神食粮了！"

这么想着，夏千晴无比开心地朝图书馆的方向走去。

就在她穿过第一教学楼前的绿地广场时，迎面一个戴着头盔、踩着滑板的人狠狠地撞到了她的身上。

"啊——"

被撞倒在地的夏千晴发出了痛呼声。

她只感觉自己的小腿一痛，然后整个人失去了平衡，就那样侧着身子被撞倒在地上。

为了保持平衡而仓皇伸出的手也狠狠地擦过地面，火辣辣的疼痛感从手臂、小腿的位置传来。

是哪个莽撞的家伙！不会滑就别滑，以为自己是旋风小子吗？

夏千晴一边呼痛一边用目光搜寻闯祸的家伙，却看到前方一个戴着头盔、长得有些帅的单眼皮男生朝她眨了眨眼，吹了一声口哨，指了指她的方向。

"小心走光啊——"男生提醒道。

啊！

夏千晴没多想，立马低头检查自己的裙子是不是被掀上来了。

"哈哈哈，你上当了！"

在她低头的刹那，一阵嚣张的笑声传来。

夏千晴抬起头，就看到单眼皮男生利落地抄起落在自己身前不远处的滑板，单脚踩上，另一只脚一蹬，飞快地和她拉开了距离。

啊！这个说她走光的家伙就是撞倒她的罪魁祸首！

居然骗她分神，然后捡起滑板逃跑……

"笨蛋——"

惹祸的男生滑远后，还不忘对她做了一个"笨蛋"的手势，夏千晴气得想立马追上去狠狠地教训他一顿。但是她一挣扎着起身，就感觉小腿痛得更厉害了。

"啊啊啊，可恶的熊孩子！下回让我碰到你，你就完蛋了……"

真是流年不利。

遭遇意外的夏千晴放弃了前往图书馆的打算，一瘸一拐地朝校医院走去。

她那副好像跟什么人狠狠地打过一架的狼狈样子吸引了不少人的注目，让她对那个熊孩子更加怨恨了。

"那家伙看年纪应该是明和学院初中部的，哼，等我的伤好了，就去他们初中部堵他！"

好不容易"挪"到了校医院门口，夏千晴看着那十几米长的通往大厅的台阶，皱起了一张苦瓜脸。

比爬长城还累呢，多希望现在有一瓶服下后可以一口气上五楼的神奇钙片啊！

"呜呜呜，腿好痛，该死的小鬼……"

夏千晴艰难地抬起脚往台阶上迈去，受伤的小腿根本不敢用力，姿势难看极了。

"来，我扶你一把。"

就在她如蜗牛般爬上第一级台阶的时候，一个亲切柔和的女声在她旁边响起——有人伸手扶住了她。

她侧过头一看，是一个和她的妈妈差不多岁数的阿姨。不是特别漂亮，但是非常有亲和力，是那种秀气安静的女性模样，她盘着髻，穿着大方得体。

"谢谢您，阿姨！"

夏千晴腼腆地冲好心帮忙的阿姨笑了笑。

"没事，我刚好要去医院拿药。"

阿姨也回了她一个淡淡的笑容，但不知道是不是夏千晴的错觉，她感觉这个阿姨眉间有抹化不开的忧伤。

"你这是怎么回事啊？是在哪里摔了吗？"

阿姨一边扶着她往前走，一边询问。

"被一个玩滑板的调皮鬼撞了。阿姨，您看我的手肘这里……"夏千晴对这位和妈妈一样年纪又乐于助人的阿姨很有亲切感，也大方地把自己的伤展示给对方看。

手肘上青紫一片，手心还有被擦破的血痕。

"你手上脚上都伤得挺厉害的，一会儿还是我帮你排队拿号。等医生给你上好药，你记得不要碰水啊，结疤的时候也不能去挠，不然会留疤……"

阿姨也是个很好相处的人，因为夏千晴的伤口而感叹一阵后，热心地叮嘱她注意事项。

"谢谢您，阿姨！我叫夏千晴，阿姨，您贵姓啊？"

虽然遇到了一个讨厌的小鬼，但是也遇到了热心助人的阿姨，看来今天自己的运气是一半一半呢！

"我姓朱，小夏，你叫我朱阿姨好了。"

在朱阿姨的帮助下，夏千晴很快拿到号看了医生。

医生给她受伤的手和脚都上好药、包扎好后，叮嘱了一番，开了个药单就让她走了。

夏千晴又一瘸一拐地拿着药单去药房拿药。

手续真是麻烦啊！

夏千晴想着，到了药房门口，刚好碰到了扶她进来还帮她排队拿号的朱阿姨，她立马热情地招手想打招呼，不料朱阿姨似乎没注意到她，脸色有些难看，手里拿着什么东西，整个人失了魂似的朝外面走去。

夏千晴才喊出一个"朱"字，就疑惑地停下了，然后看着朱阿姨慢慢地走出了医院门口，手一松，一张纸从她手里飘了下来，被风吹到了夏千晴的脚边。

朱阿姨没有察觉到掉了东西，径直离开了。

夏千晴弯下腰捡起脚边的纸，迈开几步想喊住对方，但是看到那张纸上的表格里写着"朱××，肝癌晚期"的字样后，她的话咽了下去。

刚认识的那个像妈妈一样亲切温柔的朱阿姨得了癌症？

2.

春日阳光明媚，远处的天空上还有深蓝色的风筝飘过。

明和学院的校医院坐落在校园一个较为僻静的角落，占地面积也很宽阔。

医院前后都有一片树林，里面有凉亭、石凳，小桥流水的景观，供人休闲观赏之用。

夏千晴出门，看到坐在离医院前厅不远处的凉亭里的朱阿姨，她埋着头，被树木遮掩了大半的背影显得异常萧索。

她顿了顿，才走过去。

"万路逃了自修课吗？好的，我知道了，秦老师，我回家后会好好教育他的，对不起，给您添麻烦了……"

走近了，夏千晴才发现原来朱阿姨在低着头讲电话。

夏千晴走到她面前的时候，朱阿姨也正好讲完了电话，收起手机抬起头来。

看到夏千晴，朱阿姨微微一愣，旋即露出了亲切的笑容："小夏啊，都检查完了吗？你的脚受伤了不能站，来这边坐吧。"

夏千晴乖乖地坐了过去。

她没有再说话，而是把手里那张检验单递给了朱阿姨，小心翼翼地看着她。

"这个是什……"

朱阿姨接过去，看清楚上面的字后，笑容一瞬间消失了，表情变得非常苦涩。

"啊，是这个啊。"

她的声音也低了下去。

"谢谢你啊，小夏。"沉默了片刻，朱阿姨冲着夏千晴笑了笑。那个笑容淡淡的，就好像夕阳的余晖落在湖面上那种柔和又悲伤的感觉，让夏千晴心里酸酸的。

虽然只是刚认识的人，但是这个阿姨为人亲切友善，夏千晴对她还是很有好感的。而且对方和她妈妈差不多年纪，可能还年轻几岁，怎么就得了绝症呢？

"朱阿姨，您的病……还能不能动手术治疗啊？我听说有些癌症病人做手术后还能活很久呢！"夏千晴努力想着一些安慰的话。

"小夏啊，医生说这个病基本没有治愈的希望了，查出来已经太晚。我是明和学院的老员工，跟这里的医生也很熟，他没必要对我说些安慰的场面话。"

朱阿姨叹着气，目光好像看到了很远的地方。

"我啊，工作和家庭方面一直以来都很顺利，我也以为会跟我们家那位白头到老、安享晚年，没想到……"

朱阿姨说着，低下头看着自己的手机，按了一下侧边的按键后，手机屏幕亮起来了。从夏千晴的角度，能看到屏幕上有一张三人合照，化了妆后更显年轻的朱阿姨、戴眼镜的叔叔，还有一个戴着蜘蛛侠面具、摆着酷酷造型的男孩……

"小夏，你知道我最担心的是什么吗？不是我要死了这件事，而是担心我走了，我们家的那两个人怎么办。特别是我儿子万路，他今年才14岁，上初中，正爱闹腾的时候……如果我突然走了，我是知道他的……不知道会惹出什么事来……"

朱阿姨的手指轻轻地抚过手机屏幕。

"到时候，再也没有人像我一样耐心地去教导他了……"

夏千晴看着面前的朱阿姨，淡淡的鱼尾纹已经爬上她不着妆的眼角，眼睛里的悲伤似乎要溢出来了。

夏千晴想不到用什么话来安慰朱阿姨。

她只是安静地坐在一边，听朱阿姨说着自己的家人，说着自己的孩子，说着自己的牵挂和不舍。

而最让夏千晴震撼的是，朱阿姨最大的悲伤不是因为得了癌症，而是担心自己的死亡会给青春期敏感的孩子留下挥之不去的阴影。

"如果能再给我多一点儿时间，等到我儿子再长大一点儿、再坚强一点儿……就好了。"

悲伤的声音和着清风在凉亭里徘徊。

跟朱阿姨说了一会儿话，互相留了联系方式后，夏千晴就离开了。

她心里闷闷的，就连脚上的疼痛似乎都感觉不到了。

"殿下，你这是怎么回事？"

一个声音响起，夏千晴抬起头，才发现自己竟然不知不觉走到了晴天文学社的门口，而蓝洛斐就站在她面前。

她只要再往前挪动半步，鼻子就会撞上对方的胸口。

她的耳朵瞬间升温，她退了一步，拉开了和对方的距离。

"不小心摔伤的……我已经去医院看过了，没大问题。"

说完，她转身想走，今天没心情跟恶魔打交道。

"站住！"

蓝洛斐叫住了她，几步走到她的面前。在她惊讶的目光中，蓝洛斐蹲了下去，非常自然地伸手握住了她的小腿。

现在是春夏之交，所以夏千晴只穿了连衣裙和开衫，小腿是光着的。

意外的触感让夏千晴的脸红成了秋天的柿子。

"你……你干什么啊？快点儿松开！"

夏千晴想收回自己的腿，但是抽不动，担心对方这个姿势可能会看到她裙底的"风光"，两只手立马紧紧地压着裙子。因为紧张，她说话也变得结结巴巴的。

"怦怦……"

心跳如擂鼓般，心脏似乎要跳出嗓子眼了。

虽然知道对方的身份和可怕，但是这个姿势……

"别动，我在给你治疗……"

蓝洛斐的脸上没有丝毫不自然的神色，他连头都没抬，只是专注地盯着夏千晴的小腿。

他的手触摸到缠着纱布的伤处时，一阵微光闪过。

顿时，夏千晴感觉自己小腿传来的那种轻微的疼痛和药水带来的冰凉感都消失了。

"好了，但是为了避免引起不必要的怀疑，殿下，你的纱布还是过两天再拆吧。"

蓝洛斐起身，然后又给夏千晴受伤的手臂治疗了一下。

很快，夏千晴连手臂都不痛了。

好神奇啊！

这个恶魔居然有这么神奇的力量……

看着他的手微微发光，就治愈了自己的伤口，夏千晴也忘记了刚才的尴尬。

而且，蓝洛斐展现的这个能力让她眼睛一亮。

"蓝……蓝洛斐，刚刚你是用魔力治好了我的伤，那……"

更高级别的疾病你能治吗？

没等夏千晴问出口，蓝洛斐冷冷一笑，抬手打断了夏千晴的话。

"不要忘记我是一个恶魔。千晴殿下，刚刚只是身为魔王契约人的我为殿下提供的一点点福利。如果是要我去救死扶伤，我可做不到哦！"

看到夏千晴瞬间变得难看的脸色，蓝洛斐眯了眯眼睛，嘴角微微勾起，俊美却邪恶的脸庞带着一丝诱惑，同时仿佛黑色羽翼般的阴影慢慢地从他身后展开。

"当然也不是完全没可能……如果有人愿意奉献他的灵魂给我，像断手断脚这样的伤我还是可以出手的……"蓝洛斐望着夏千晴，意味深长地说道。

灵魂给了你，人家还能活吗？

夏千晴忍不住撇了撇嘴，请求的话已经完全被堵住了。但是想了想，她还是不甘心地问道："如果是绝症，比如癌症晚期这种，你能治吗？"

"抱歉，如果是注定要死亡的人，哪怕是我也没有办法改变命运。"

蓝洛斐一副有点儿惋惜的表情，好像就是因为这个局限，他才失去了很多生意似的。

"唉。"

夏千晴重重地叹了口气，原本燃起的希望又熄灭了。蓝洛斐虽然冷酷深沉，但还不至于在这种事情上骗她。他有治愈外伤的能力，可治愈癌症……这种事情他还是做不到的。

假如真能做到，那么这个世界上恶魔的信徒会多得可怕吧。

"那没事，我先走了。"

夏千晴摆摆手，颓然地想离开，但是朱阿姨那张悲伤憔悴的面容在她的脑海里闪过。

朱阿姨的癌症无法治愈，她的死亡无法改变，但是……

她担心的事情，自己应该有办法帮到忙吧？

夏千晴顿住了脚步，转过身，目光越过蓝洛斐的肩膀，落在了晴天文学社一侧墙壁上挂着的一行字上面——

"如果世界是天空，那么文学就是驱散阴霾的太阳，带来晴天。"

这也是当时夏千晴坚持将文学社命名为"晴天"的原因，对于她来说，文学是能驱散阴霾的太阳。

"或许我可以用另一种方式……"

第一次，夏千晴有了主动去帮助一个人的动力和愿望。

那个萍水相逢的朱阿姨，夏千晴找不到治愈她的疾病的办法，但是至少可以帮助对方在最后这段日子里驱散所有的阴霾，能让她走得安心、放心。

"嗯？"

蓝洛斐发出了疑惑的声音。

"我们文学社并不一定要别人发出委托才帮忙吧？我遇到了一位很亲切的阿姨，她现在有很大的麻烦，所以我想用我的文学力量去帮助她！"

夏千晴一扫颓然之色，眨着大眼睛看着蓝洛斐。

"这个倒没有限定。而且你愿意主动出击，对你、对我来说都是加快进程的好事。"蓝洛斐让开了一步，示意她进室内再商讨。

"砰！"

门合上了。

　　3.

在很小的时候，不知道什么是死亡的夏千晴以为外公外婆、爷爷奶奶，还有爸爸妈妈是会陪伴自己一生的人。

她不知道他们会比自己提前离开这个世界。

第一次知道死亡这件事，是很疼她的外公去世的时候。

妈妈在外公面前哭得不能自已，而夏千晴不知道发生了什么，她以为白胡子的外公只是睡着了而已，明天就会醒过来，而自己也会继续当外公的小尾巴一起出去串门。

直到外公被人放进了小箱子里，埋到了冷冰冰的地下……

直到后来她跑去外公的房间，却再也找不到外公，只看到墙上挂着的黑白遗照……

她才明白什么是死亡。

死亡就是一个人从这个世界上完全消失；

死亡就是无论你如何想念、盼望，你都听不到那个人的声音、看不到他的微笑；

死亡就是有人在你的生命里永远缺席，以后只能在回忆里搜寻。

一直没有哭的夏千晴，在懂得死亡的残酷时才号啕大哭起来。

而她也知道了，不仅仅是外公，还有外婆，还有爷爷奶奶，还有自己的爸爸妈妈，他们都不能陪自己一辈子，都可能先她而去。

亲友的死亡对于还活着的人来说，是一件悲伤得无法自已的事情。

虽然时间可以让这种伤痛变淡，但是只要一想起那个离开的亲人，回想起从前的点点滴滴，眼泪还是会忍不住涌出来。

得了绝症的朱阿姨，她最放心不下的是自己去世后，依赖她的儿子会受不了打击。成长阶段的少年，正是敏感又容易钻牛角尖的时期，一个不好，可能走岔路。

所以她要帮助朱阿姨，为朱阿姨的孩子准备一份礼物，让她的死亡不那么悲伤，让她的爱能延续下去。

跟蓝洛斐讲了关于她要帮助的对象——肝癌晚期的朱阿姨的事后，夏千晴在晴天文学社的书架上寻找了一番，终于找到了自己要的书籍。她很快抽出了那本书，拿给蓝洛斐看。

《最后一片叶子——欧·亨利短篇小说集》。

欧·亨利是20世纪美国著名的短篇小说家，故事构思精巧、文风独特，特别是以出人意料的结尾闻名于世，从而有了一个专有名词——欧·亨利式结尾。他最著名的作品是《麦琪的礼物》和《最后一片叶子》。

"这次我需要借助的是欧·亨利《最后一片叶子》那个短篇小说的文学力量。"

夏千晴将手按在了那本书的封面上。

经过了漫长一夜的风吹雨打，在砖墙上还挂着一片藤叶。它是常春藤上最后的一片叶子了。靠近茎部仍然是深绿色，可是锯齿形的叶子边缘已经枯萎发黄，它傲然挂在一根离地二十多英尺的藤枝上。

"为什么这次会选择这部作品？你要知道，之前你选取的是文学名家的长篇作品，重点在于你与书中的人物一起经历，旁观他们的生死悲喜，从而获得启悟。短篇的话，特别是不到5000字的短篇，它的力量还不足以开启一个大的文学幻境。"

蓝洛斐皱眉，表示不解。

"这次不需要开启幻境。因为欧·亨利的这个故事，我读了差不多20遍，都能背下它了。我的魔王专属能力除了文学幻境的开启，不是还有其他的吗？"

能让恶魔蓝洛斐在自己面前露出这种疑惑不解的表情，不知怎的，她的心情变得畅快了。

"比如……"蓝洛斐微微皱眉。

没了那副奇怪的黑框眼镜的遮挡——每次只要戴上那副眼镜，蓝洛斐就会变得特别没存在感，相貌在别人的眼里似乎也是平平无奇的，不像现在，凑近一看，精致的面容带着强烈的魅惑。

"我应该能借助作品里某个角色的力量——思想、体力、专注力或者是其他特长吧。我需要的是《最后一片叶子》里，那个老画家贝尔曼的精神力量。"

夏千晴早就想好了计划。

欧·亨利的《最后一片叶子》讲述的是两个年轻女画家琼西和苏艾，以及一个老画家贝尔曼的温情故事。

三人同住一栋公寓，年轻的画家琼西和苏艾住在楼上，而楼下住着的贝尔曼是一个年过六十、从未摸过艺术女神的裙角的穷画家。他喝酒无节制，靠画不值钱的小广告以及给其他穷得雇不起职业模特的年轻画家当模特挣钱。而且，这个老头子性格倔强，火气十足，如果别人施舍他，他会火冒三丈，但是他又把自己当成了楼上两位年轻女画家的"看门犬"，十分照顾她们。

琼西得了肺病，悲观的情绪使她的病情恶化。而好友苏艾从医生那里得知，琼西的病并非没有治愈的可能，而是因为琼西的心态太过悲观，导致沉疴难去。琼西把自己生命的希望寄托在窗外一株常青藤的叶子上，认为那条藤上的叶子掉光时，就是自己生命结束的时候。

随着树叶一片片在秋风中凋零，琼西的病也越来越严重，到了最后只剩下一片树叶了。

而苏艾看到琼西的状况，忍不住把琼西将树叶的掉落看成自己生命结束的预告这件事向贝尔曼倾诉。

贝尔曼狠狠地嘲笑了琼西：

"世界上竟会有人蠢到因为那些该死的常春藤叶子落掉就想死？我从来没有听说过这种怪事……"

贝尔曼若无其事地继续给苏艾当模特。

而第二天，奄奄一息的琼西要苏艾拉上窗帘，她要看看那片预示她命运的叶子还在不在。但出人意料的是，经过了一夜的秋风冷雨，那片泛黄的树叶依然在常青藤上。

一天，两天，三天……那片叶子始终没有掉落，而琼西的病情和精神也因为这片叶子而慢慢地好转了。

病愈的那天，两人得知楼下的老画家贝尔曼不久前感染了肺炎，因为年老体衰又酗酒，没有撑多久就去世了。

经过了漫长一夜的风吹雨打，在砖墙上还挂着一片藤叶。它是常春藤上最后的一片叶子了。靠近茎部仍然是深绿色，可是锯齿形的叶子边缘已经枯萎发黄，它傲然挂在一根离地二十多英尺的藤枝上。

苏艾抱着琼西哭了，告诉她老画家去世的真相——

最后一片叶子凋零的那个晚上，老画家贝尔曼冒着风雨和寒冷，搬着梯子在常青藤那里画了一片永不凋零的叶子。

一生落魄、从来没有画过像样作品的老画家画出了此生最伟大的杰作，给了一条年轻的生命以希望。

而夏千晴希望借助这个平凡又伟大的画家的力量——专注力和奉献精神。就像他用笔画出了另一个人的希望一样，她也想靠自己的文学力量为朱阿姨剩下的人生创造一个没有阴霾的晴天。

"准备好了吗？千晴殿下，我会帮你开启……"

明白夏千晴的打算后，蓝洛斐也没有了疑虑。

夏千晴点点头，她的右手按在了那本书的封皮上。蓝洛斐将他的手放在了夏千晴右手的上方。

一阵光芒从两只手中间绽放，随后，那本书里的部分文字像小蚂蚁一样列队飞出，飞入了那阵白光中。

白光越来越亮，而蓝洛斐缓缓地将手抬高，最后收回了手。

白色的光芒组成了光柱，却能看清楚光柱里的情景。

黑色的字宛如画笔一样在光柱里画出了一个人的样子——一身蓝衬衣，如米开朗琪罗雕像般的鬈曲大胡子，干瘦的身躯。

是贝尔曼。

他瞪着两只似乎被冻伤的红眼睛，手里还拿着一个锡酒壶。看到朝他伸出手的夏千晴时，他转了转眼珠子，然后点点头，缓缓地朝覆盖在那本书上的手落下。

在贝尔曼的身影仿佛融入到夏千晴的右手手背上时，那道光柱也消失了。

夏千晴只感觉脑袋一沉，她闭上眼睛又睁开，就明白刚刚在她从心里发出想要帮助朱阿姨的恳求时，被蓝洛斐从故事里召唤出来的角色——贝尔曼，那个倔强的老头答应帮她了。

4.

老校区的教职工宿舍楼5栋401，一家三口正在吃早餐。

"儿子，周末妈妈带你去游乐园玩好不好？"

朱明芳吃了几口就吃不下了，放下勺子望着对面的儿子。

坐在家主位的万爸爸看了妻子一眼，然后又看看埋头玩勺子的儿子，手里的动作一顿。

"不去。游乐园有什么好玩的，我又不是三岁小孩！"对面的男孩头也没抬地说道，勺子在碗里舀来舀去，似乎难以下咽的样子，"妈，最近早餐怎么总喝粥啊？您是不是想偷懒啊？害我嘴巴里淡得没一点儿味道……"

"你妈最近身体不好，医生说要吃清淡的，想吃好的，你自己做！"看到儿子态度不好，万爸爸沉下脸呵斥了一句。

"哼！我又不会做饭，要不给我钱让我去外面吃，反正我也不想吃老妈做的饭。天天吃，早吃腻了！"万路一听到爸爸的教训，勺子重重地一扔，干脆不吃了。

"你还顶嘴！万路，把勺子拿起来，好好跟你妈道歉！"万爸爸放下勺子，怒目而视。

"道什么歉啊，她是我妈，又不是外人。再说了，我就是不想喝这个没一点儿味道的粥，我哪里错了？别以为您是我爸就能随便教育我。"

傲然挂在一根离地二十多英尺的藤枝上。经过了漫长一夜的风吹雨打，在砖墙上还挂着一片藤叶。它是常春藤上最后的一片叶子了。靠近茎部仍然是深绿色，可是锯齿形的叶子边缘已经枯萎发黄，它留着时髦短发的单眼皮男孩脾气也倔起来，拉开凳子站了起来。

原本是一顿温馨的早餐，片刻后，火药味弥漫整个房间。

"停！你们两个别吵了，好好吃饭。"

朱明芳想打圆场，免得父子俩闹僵。她把勺子捡起来，塞到儿子手里，然后又走到万爸爸身边，用眼神示意。

虽然万爸爸还是一肚子火，但是看到面色比平常更憔悴的妻子，想想上周得知的那个等于是噩耗的消息，他气呼呼地瞪了不懂事的儿子一眼，最后在妻子的安抚下坐了下来。

"哼——"

万路心里还是有点儿怕发火的爸爸，但是他知道有妈妈在，他也不会太吃亏。

"我去上班了。"

万爸爸看到儿子这个态度，更加生气了，如果不是因为妻子不能受刺激，他绝对把这个越来越难管教的儿子揍一顿。

"你还没吃饱吧？"朱明芳拍了拍儿子的肩膀，示意他不要再顶嘴后，又去给万爸爸拿外套。

"气都气饱了。"

万爸爸朝用后脑勺对着自己的儿子瞪了一眼，又想责备太护着儿子的妻子，但是……

朱明芳似乎知道他要说什么，笑了笑，说道："也就是这段时间了，以后啊，你们还是要互相让一让……"

"我……没问题。你在家里好好休息，有事打我电话……"万爸爸握了握妻子的手，然后接过外套和公文包，换鞋出门。

"砰！"万爸爸出了门。

"啊！暴君出门了，万岁！"

在门关上的瞬间，万路仿佛中了什么巨奖一样跳起来欢呼，然后放下勺子，跑到了朱明芳的身后，搂住她的腰。

"果然是我妈最挺我……我决定了，妈，既然您那么想去游乐园，那我就勉为其难陪您去玩好了！"

"你这个鬼灵精——"

"呵呵，只有像精灵一样的妈妈才能生出我这种鬼灵精啊！"和面对严父的时候不同，此刻的万路就像所有依恋母亲的孩子一样，撒着娇，嘴巴像抹了蜜一样，让朱明芳的脸上绽开了笑容。

"别以为你嘴甜，我就会忘记你上次逃课的事。万路，你们老师打电话给我了，这事我还没告诉你爸爸。"

"啊！老妈，您千万再救我一次啊！我不是故意逃课的。"万路一听，就知道如果老爸知道了，自己少不了一顿"竹笋炒肉"，连忙苦着脸求情，"我就是课间玩滑板，溜远了点儿，忘记时间，还不小心撞了人耽误了，不是故意逃课啊……"

"什么？你还在外面撞了人？"朱明芳听到儿子不小心说漏嘴的真相，眉头忍不住皱在了一起，"撞人后你跟人家好好道歉了吗？给人家留了我的电话吗……"

"啊，那个……妈妈，我听说撞到人很可怕，会被人讹诈的，所以我就……"就那样溜了。

万路还没说完就发出了"哎哟"一声——朱明芳知道儿子闯了祸居然还逃跑的事后，忍不住狠狠地拍了一下他的头，吓得万路抱头乱窜。

"别打我啊，妈，我知道错了——"万路抱头逃窜，老妈生起气来也很可怕啊！

"做错事就得道歉！撞到人，不管赔多少，都应该跟人说对不起，怎么可以逃跑呢？你把妈妈平时教你的道理丢哪里去了？"

朱明芳前一秒还因为儿子的亲近而开心，下一秒知道儿子闯的祸又气得肝疼。

啊，是真的肝疼了。

她没有再追万路，而是捂着隐隐作痛的肝脏部位，皱着眉头坐了下来。

一阵眩晕感袭来，她的额头冒出了汗。

"妈，您怎么了？"

万路逃到门口，觉得不对劲，后面怎么没动静了？一回头，看到脸色惨白如纸的朱明芳，他一下子慌了神，飞快地扑到了她的身边。

"妈妈，您哪里不舒服？别吓我——"第一次看到妈妈发病的样子，万路整个人都蒙了，他努力回忆老师教的急救知识。对了，现在这种状况应该打急救电话。

万路跑去电话机那里，却被朱明芳喊住了。

"万路……妈妈喝点儿水就没事了，你，你给妈妈端杯水来。"朱明芳忍着疼痛，勉强露出一抹笑容，看着万路。

"妈妈，您真的没事吗？您别生气，我认错！我保证以后不那样做了……"万路立马跑过来握住了她的手，刚刚他真的吓死了。

"去给我倒杯水，刚刚被你一气，追你的时候不小心磕到了这里……"朱明芳解释道。

万路这才放心了。他跑去厨房倒了一杯水，摸了摸杯子的温度，觉得太凉了不好，又加了点儿开水，兑成了温水。

万路把水端过去，朱明芳喝了后，发现儿子送的是温水，忍不住笑着摸了摸他的头。

"还知道给妈妈端温水啊，真乖！"

"您儿子还是会照顾人的！妈妈，您以后老了，就等着享儿子的福吧，以后不止是端茶送水，我还给您按摩理发，吹拉弹唱……"

万路见到妈妈没事，一被夸奖，忍不住嘚瑟起来。

朱明芳没有说话，只是笑眯眯的，然后又摸了摸他的头，心里重重地叹息：唉，如果有以后该多好。

医院前方的凉亭，夏千晴跟赴约而来的朱阿姨聊着什么。

"小夏，你这个想法不错……"

朱阿姨难得露出一个轻松的笑容，就好像阴云驱散，重新见到了阳光一样。

"朱阿姨，这个办法我也是从一本书里得到的灵感。茨威格的《一个陌生女人的来信》，您看过吗？"

"我好像看过徐静蕾演的电影，也是这个名字。"

"那部电影就是根据这部小说改编的。故事里，女主角死后才把信寄给她喜欢的那个作家。在寄出那封信之前，她对于作家来说仿佛从来没有存在过；而寄出那封信后，她的爱在作家的生命里留下了浓墨重彩的一笔，作家永生都无法忘记那样的爱。"停顿了一下，夏千晴接着说道，"所以，朱阿姨，给您的儿子写信吧，从现在到他20岁那年，写6封信。如果您信得过我，我可以帮您保管，保证每年的生日都会寄给您的儿子，作为您给他的礼物……"

"我，我当然愿意！小夏，我不想只写6封，我，我想给他写20封、写30封，每年都给他写……"朱阿姨说着说着，眼泪落下来了，"这样，就好像我每年还陪着他一样……"

经过了漫长一夜的风吹雨打，在砖墙上还挂着一片藤叶。它是常春藤上最后的一片叶子了。靠近茎部仍然是深绿色，可是锯齿形的叶子边缘已经枯萎发黄，它傲然挂在一根离地二十多英尺的藤枝上。

夏千晴的眼眶也湿了。

"好，我会帮您的，朱阿姨！"

在超市采购了大批的信封和信纸，还有一盒笔后，夏千晴带着朱阿姨找了一个安静的地方开始写信。

计划6封，但是朱阿姨坚持要写36封，这样直到自己的儿子50岁，每年都会收到她的一封信——假设自己没有得绝症，差不多会是在儿子这么大的时候老死吧。

36封信不是一天就可以完成的，夏千晴和朱阿姨约好了，每天抽时间在同一个地点会面，每完成一封就交给夏千晴保管，信封上按照她儿子的岁数编号。

写36封不同的信，对于身体虚弱的朱阿姨来说是非常耗费精力和脑力的。

在写到第30封的时候，朱阿姨就晕厥被送去医院了。

负责诊治的医生说，朱阿姨现在的状况承受不了那种重脑力负荷的工作。

而这个时候，夏千晴从欧·亨利的《最后一片叶子》借来的力量终于可以发挥作用了。

医院病房里，朱阿姨因为疲惫而睡过去的时候，夏千晴伸出右手，握住了对方的手。

"贝尔曼先生，拜托你了……"

那个瘦削的老头，在那个寒冷的雨夜，搬着梯子趴在墙上为琼西画好了那片树叶。那种为了带给别人希望而坚持的毅力，那种与寒冷、与疾病、与虚弱的身体搏斗的精神，她希望贝尔曼能传递给面前这位需要这种状态的母亲，让她能完成那些信。

那是朱阿姨为她儿子准备的，是这个世界上最珍贵的礼物。

旁人无法察觉的白色光芒在两人的手掌接触处亮起。

贝尔曼老头随着白光浮现，他抖了抖大胡子，眨了眨眼，然后化作一道白光钻入了朱阿姨的身体里。

"小夏，我觉得我现在精神好多了，我们继续吧。"醒来后精神状态仿佛年轻了几岁的朱阿姨说道。

不同于以前悲伤抑郁的心态，因为有了目标，她在人生最后一刻体现出了最强的生命力。

"当然继续啊！"

夏千晴悄悄地松开了对方的手。

36封信，厚厚的三沓，能塞满一个小小的塑料置物箱了。

为了避免意外，夏千晴准备回去后拜托蓝洛斐，用魔力将信中内容复制到电脑上，不用经过阅读就可以复制。

因为每年一封，一共36封，就意味着要持续36年。

时间这么长，中间可能有各种变故发生。比如朱阿姨的儿子可能搬家，可能出国，甚至送信途中也有信件丢落的可能，所以夏千晴打算做两手准备，回去后将复制到电脑上的信件按时间顺序存到朱阿姨的邮箱，再设置一个按照时间自动发送至朱阿姨儿子的邮箱的程序。

朱阿姨是在病床上完成那些信的，总共花了两个星期的时间。此刻，她的脸上绽放出幸福而满足的光彩，把信交给夏千晴后，握着她的手说道："小夏，谢谢你……帮我完成了一直牵挂的那桩事，我现在真的轻松多了。"

"别客气，朱阿姨，我保证每年都会帮您寄信给您的儿子万路。您好好休息吧……"

夏千晴走出病房，看了看因为疲惫而睡去的朱阿姨，脸上带着娴静的笑容。她松了一口气，然后提着那个箱子，轻轻地关上了门。

她朝医院外走去，在她往外走的时候，朱阿姨的老公和儿子正匆匆地朝医院赶来。

两拨人擦肩而过。

"爸爸，妈妈会没事的，对不对？"

隔着病房门上的玻璃，看着躺在床上的那个熟悉的人，原本意气风发的男生此刻面色惨白，脸上满是惶恐和担忧。

"你……你要长大了，万路，别让你妈太担心，知道吗？她……真的没多少时间了……"万爸爸叹了口气，拍了拍儿子的肩膀。

眼泪瞬间布满了万路的脸庞。

"呜呜……我，我不要妈妈死……妈妈，妈妈……"他蹲在病房外哭了起来。

万爸爸也低着头抹了抹眼泪。

病房内，也许是母子之间冥冥中有着神奇的感应吧，朱明芳在梦中似乎听到了自己儿子的啜泣声，眼泪也从眼角流出来了。

隔着一张门，母子俩一人在梦里流泪，一人在门外如同受伤的小兽一样呜咽出声。

5.

时间流逝最无情。

转眼，离万路的妈妈去世已经过去三个月了。

这三个月对万路来说，就好像是从天堂到地狱一样难熬，到现在他还难以接受妈妈已经因为癌症去世的事实。

他浑浑噩噩，上课也听不进去，总是出神。

还好老师知道他家的变故，明白他反常的原因，网开一面，只是找了万爸爸谈话，要他注意一下万路失母后的心理，多关怀他。

"万路，你妈妈最疼你了，她绝对不想看到你现在这个样子……"

"那她就亲自来跟我说啊！"

仿佛哪根神经被刺痛了，沉默的万路忍不住大声说了一句，心里的悲伤和愤怒仿佛找到一个闸口要发泄出来一样，但是抬头看到皱着眉头的爸爸，他想起妈妈最后交代的话，又把情绪压制下去。

万路回到自己的房间，锁上门，打开电脑，戴上耳机，打开对战游戏，把游戏音乐开得最大。

手指在键盘上猛烈地敲击，游戏人物将对手一个个打倒，但是这种虚拟的快感还是给不了他一丝安慰。

心好像是空的，很空，抓不着任何东西，他又觉得痛，但不知道是哪里来的痛。

万路关了电脑，躺在床上，眼神空洞地望着天花板。

这个时候，他的手机响了。

是他玩滑板时认识的一个大他几岁的"朋友"，滑板玩得很好，万路跟他学过几招。但是妈妈听说那人是社会上混的，早就辍学后，严肃地交代万路不许跟他往来。万路也听话没跟人家玩了，那个人也慢慢淡了和万路的联系。

但知道万路妈妈走了的事后，这个人不知怎的又找上来，给万路发过好几条短信。

"万路，怎么这么久不出来？要不要跟哥哥一起去玩？哥哥带你散散心，有好乐子哦！"

本来不想理睬，但是心里空洞的感觉让万路抓狂，于是他回了一条短信："什么地方？什么时候？"

对方很快发来了时间和地址。

万路起身，拿了钱包和手机就出门了。

40分钟后。

万路发现对方发来的地址竟然是本市有名的酒吧一条街。

万路的脚步顿住了，以自己现在的年龄根本不能进出那种场所，他有了打退堂鼓的念头。

而这个时候，那个"朋友"叼着烟，和一个染着黄头发的混混模样的男生勾肩搭背地出现在马路对面。

"万路，过来，哥哥给你介绍一个朋友。""朋友"隔着马路招呼万路。

万路没有动。

"朋友"侧过头和旁边的"黄毛"偷偷说了几句："这小孩家里有点儿底子，所以我哄他跟我们混，你记得配合啊。"

见万路站在那里没动，"朋友"有点儿生气，说道："万路，你不会是怕了吧？来都来了，还打退堂鼓？"

"是啊！胆子别那么小啊，只是一起玩玩，我们又不会欺负你。"黄毛痞痞地笑着，配合着说道。

万路皱了皱眉头，犹豫了一会儿，提起脚准备往前走。

突然，身后有人过来拉住了他的手。

他微微一愣，转过头，看到一个黑色长发的女生——白皙的小脸，黑亮的杏仁眼，身上穿着……

呃，是他们明和学院的校服！

"喂，那边的两位，诱拐本校未成年人出入不良场所，是想去警局喝茶吗？"

女生虽然瘦瘦小小的，但是面对两个不好惹的男生，十分自信，气场十足。

"哪里来的丫头？万路，不会是你偷交的女朋友吧？"

"哈哈哈，这小子也没你说的那么纯良嘛，还玩姐弟恋呢！"

听到他们的话，万路的脸顿时涨红，他下意识地想挣脱女生的手，争辩道："我根本不认识她！"

"不认识？"女生转过头，瞪大眼睛看着他，"滑板小鬼，你还欠我一个道歉和一笔医药费呢！"

"你……"万路噎住了。他这才记起这个女生似乎就是他之前玩滑板时撞过的那个。

"所以，你欠我的，今天要跟我走。"女生瞪了他一眼。

"小丫头，万路是我叫来的……""朋友"不爽地出声阻止。

"再纠缠万路，我立马报警，看你经不经得起查！"女生转过头，气恼地瞪着那边的两人，从口袋里掏出了手机，做了拨号的动作。

那两人脸色瞬间变了，"黄毛"还想说什么，却被另外那个很会察言观色的人拖走了。

"我们不是要拉这个小子进来，骗他的钱吗？"

"现在查得严，我们还是别惹事，以后再找机会……"

两人嘀嘀咕咕着，不甘心地离去。

那两人走后，万路的脸色变了变，趁女生不注意，甩开她的手，转身往回走。

"喂，小鬼，我救了你。"

"你也没比我大多少，好意思叫我小鬼？我的事不用你管。"居然被一个女生救了一次，自尊心强的万路语气很冲地回答道。

啧，这坏脾气。

夏千晴，就是刚刚英勇出手，将万路从坏朋友的陷阱里救出来的女生叹着气，心想如果不是朱阿姨的拜托，真的不想管这种少年——但凡受到一点儿挫折，就以为全世界都背弃了他一样。

夏千晴快走几步，拦在了万路的面前。

万路一惊，停住了脚步，生气又无奈地问道："你跟着我到底想做什么？要我道歉？好，对不起，那次是我不对，撞了你以后不该逃跑……医药费我赔你，你别跟着我了……"

"我是有别的事找你。"夏千晴说道，从随身的小挎包里掏出了一封信，递给了万路。

万路疑惑地接过去，问道："是什么？"

信封上的字迹很熟悉，写着"万路亲启"几个字，信封右下角有一个"15"。

"你的生日礼物。过了今晚零点，不就是你生日吗？提前把礼物送给你。"

"我才不要你的礼物，装神弄鬼的！我跟你又不熟……"

万路就像警觉的猫咪一样瞪着她，没有打开那封信，反而一脸嫌弃地要退还给她。

"我也跟你不熟，但我是受你妈妈的委托，将她准备的礼物送给你。"

"妈妈……"

万路的动作僵住了。片刻后，他拿起信封仔细看了看，认出的确是妈妈的字迹。他的身体颤了颤，飞快地拆开了那封信，熟悉的字迹出现在他的眼前——

我的路路，15岁生日快乐。

你现在好吗？

最近有没有好好吃饭？有没有好好学习？有没有按时睡觉？有没有听你爸爸的话……还有，是不是看到妈妈的信后立马就哭鼻子了？

不要哭哦！因为你又大了一岁，已经是小男子汉了……

妈妈的叮嘱仿佛就在耳边响起，看到第一行字的时候，万路的眼泪就夺眶而出了。

晶莹的眼泪如断了线的珠子般不断掉落，他一手拿着信，另一只手擦着眼泪。

我知道妈妈那么早就离开很不负责任，让我的路路没有了妈妈……

对不起，乖儿子。但是妈妈希望，就算没有我在身旁，我的路路也能好好的，能好好照顾自己，好好跟爸爸相处。

对了，你爸爸是个倔脾气，其实心里很关心你的，你别总跟他对着干。那样你们父子的关系会越闹越僵。

路路，妈妈知道你最聪明了，所以你要学会示好，以柔克刚，这才是对付你爸爸的绝招，当年妈妈就是这样……

哭着哭着，看到妈妈在信里告诉自己爸爸的糗事，万路又忍不住想笑。

又笑又哭的他就像个疯小孩一样，站在人行道上，周围的一切都很模糊，一切喧嚣都远去。

他的眼里只有文字，耳边仿佛回响着熟悉的声音，空洞的心里好像被一股酸涩又温暖的热流占满了。

路路啊，妈妈知道你现在一定很难过、很悲伤，会怪妈妈，也会责备自己，但是妈妈希望你坚强。

妈妈本来以为自己可以陪你很久，看你考大学，看你参加工作、结婚、有小路路……

既然这样，那您就回来啊，我保证不惹您生气了，您回来啊！

回来啊！

万路心里有个声音在喊着，但是他知道，世界上最爱他的那个人回不来了。

但妈妈不得不离开你，去另一个世界。在那个世界，妈妈会过得很好，路路不用担心，也不要为妈妈的离开而颓废，你要快点儿振作起来……

妈妈希望你永远快乐、坚强地成长。

伤心的时候，记得妈妈的鼓励；

失落的时候，乖，妈妈给你摸摸头……

万路读着信，突然，他感觉自己的头上似乎多了一只手，有人在摸他的头，带着一丝暖意，就像妈妈一样。

他想抬头，但是被那只手按住了。

是奇迹出现了吗？是妈妈知道他想念她，所以回来看他了吗？

不，一秒钟后，让他幻想破灭的声音响起："这是你妈交代的动作。如果你看信的时候哭鼻子，就让我给你摸摸头，说这样你就会变得勇敢，不哭了……"

夏千晴顶着路人"居然欺负弟弟"的指责目光，硬着头皮，踮着脚一下下地抚摸着他的头，就当摸隔壁老太太家养的猫好了。

万路停住了抬头的动作，但眼泪还是不可抑制地往下掉。

"你怎么还哭啊？你妈妈特意拜托我送你的礼物哦……虽然她不在了，但是每年的生日都会给你礼物……"

"每年？每年都有吗？"带着浓浓鼻音的男声响起。

"到你变成小老头了都有！不过，如果你表现不好，不好好学习，跟别人去鬼混或者做坏事，那抱歉，你的礼物就会被没收……"

"别！别那么做……我保证我会学好的！你……姐姐，不要没收我妈妈给我的礼物……"

万路慌张地喊出声，收敛起所有的桀骜。

"我叫夏千晴，你叫我夏学姐好了……"

"谢谢你……"

夏千晴收回了手，转过身往回走。

万路擦干眼泪，把信紧紧地捏在手里，跟在她后面走着。

傍晚，暗黄色的光斜斜地照在两人的身上，将影子拉得长长的。

天边被染红的云彩宛如一位女性温柔的侧脸，嘴角噙着笑，最后慢慢地消散于天际。

父母是世界上最辛苦的职业，母亲尤其是。

她给你的爱，就是你一生能获得的最珍贵的礼物。

当然也有不尽责的母亲存在，但是天下大多数母亲都恨不得给自己的孩子全世界最好的礼物。

就像朱阿姨，她希望哪怕自己死了，也能给自己的儿子留下一份温暖的礼物。

回到家里，跟父母打过招呼后，夏千晴回了自己的房间，打开笔记本写下自己一天的经历和感想。

写完后，她翻开日记本的最后一页，上面记录着她目前得到的试炼分数。

第一次委托，10个积分；

第二次委托，15个积分，而第三次……

其实蓝洛斐早早地就给了她积分——25个积分。

目前的最高分。

令人奇怪的是，这一次任务是夏千晴自己主动提出的，而且她主要起到的是辅助作用，并没有提交自己的文学作品。

为什么恶魔这次会对她刮目相看呢？

分数下面记录着恶魔给出的评分缘由——

"魔王天生有迷惑和煽动人心的能力，千晴殿下此次将文学能力与魔王的煽动天赋结合，帮助一位垂死者在生命的最后一刻绽放了光芒，更让一位差点儿因失母而误入歧途的少年回归正途。虽然这并不是魔王应该做的，但是从侧面证明了千晴殿下魔王能力运用的熟练度以及全局掌控力和影响力的提升。"

看着这个高积分，夏千晴并没有太高兴，因为她从恶魔蓝洛斐的评语中察觉出一丝危险的气息。

她想用文学力量去完成初代魔王的目标，而当时蓝洛斐几乎没反对便接受了她的提议，但是现在想想，那个时候他接受得也太快了吧？

恶魔，无论是在中国还是外国的著作、传说里，都不是那种好说话的生物啊。

而且，虽然夏千晴刻意没有按照对方的规划一步步走，但是好像一切都在那个家伙的掌控之中。

以后怎么办呢？

夏千晴深深地皱起了眉头。

晴天文学社

如果世界是天空，那文学就是驱散阴霾的太阳，带来晴天。

名家TIPS：

欧·亨利（摘自百度百科）

欧·亨利（1862年9月11日－1910年6月5日），美国著名小说家。他少年时曾一心想当画家，婚后在妻子的鼓励下开始写作。后因在银行供职时的账目问题而入狱，服刑期间认真写作，并以"欧·亨利"为笔名发表了大量的短篇小说，引起读者广泛关注。

他的小说构思精巧，风格独特，以表现美国中下层人民的生活、语言幽默、结局出人意料（即"欧·亨利式结尾"）而闻名于世，是世界三大短篇小说巨匠（欧·亨利、法国莫泊桑、俄国契诃夫）之一，有"美国的契诃夫"这一称号。代表作有《麦琪的礼物》《最后一片叶子》《二十年后》等。

第四篇 / **罗曼·罗兰的告别**

在他弥留的时候，那株美丽的树对他微微笑着；而他那颗抱着一腔热爱的心，也灌注在那株树上去了。他想到，就在这一刹那，世界上有无数的生灵在相爱。

——罗曼·罗兰《约翰·克利斯朵夫》

1.

初夏夜晚，清凉的风在校园上空徘徊不去。

繁星点亮天空，银色弦月高挂，夜色安静又迷人。

此刻，明和学院的小礼堂里人声鼎沸。

观众席上密密麻麻地坐满了人，就连过道和礼堂最后一排的空隙都被人占满了。

所有人热情地举高双手，跟着舞台上的人拍着手掌，一起唱着歌——

"夜空中最亮的星，

能否记起，

曾与我同行，

消失在风里的身影。

我祈祷拥有一颗透明的心灵，

和会流泪的眼睛，

给我再去相信的勇气……"

舞台上，一支三人乐队正在进行热情的演出。

耀眼的灯光在观众席上不停地游走，舞台背景LED墙上播放着绚丽的星空画面。

舞台中央，一个有着蓬松的亚麻色头发的少年，斜挎着一把吉他正在演奏。他有着宛如混血儿一般的五官，戴着蓝色美瞳的眼睛在灯光的照射下闪烁着迷人的光泽。

他垂下眼帘，凑近话筒，眉头微皱，与他的美貌完全不符合的、爆发力极强的沙哑嗓音从他的喉咙里发出。

他的右侧靠后的位置，一个刺猬头的高大男生戴着一副大大的墨镜，正狂野十足地弹着贝斯；而跟他同一排的左边，一个长相相对而言较为平凡，但是微笑的样子非常具有亲和力的棕发男生，双手灵巧地在键盘上跳动，随着主唱的歌声，不时凑到话筒前和音。

台上的人光芒四射，激情投入演唱，而台下观众的反应也无比热烈。

"启明星！启明星！启明星……"

演唱进入尾声，台下的人兴奋地齐声喊起乐队的名字来。虽然只是一个四五百人规模的小型演唱会，但是观众们奉献的热情并不比其他巨星歌手的演唱会少。

一曲终了，主唱、贝斯手和键盘手三人一起走到台前，朝台下的观众鞠躬。

掌声、尖叫声、喝彩声久久不息，热烈的安可声似乎要掀破礼堂的屋顶飞入云霄。

这是明和学院非常有名的校园乐队——启明星乐队第60次校园演出，舞台顶端悬挂的淡绿色花球中央，由红色的玫瑰组成了"60"这个数字。

队长黎墨是明和学院四年级音乐系的学生，主唱兼吉他手路子尧同样是四年级生，但他并不是科班出身，而是外语系的，贝斯手方拓比他们低一年级，是体育特招生，比他们晚一年加入启明星。

三人因为对音乐的共同爱好而走到了一起，因为共同的梦想而努力奋斗，三年的时间，他们的努力让启明星乐队从一支无名的小乐队，成为拥有全国知名度和大批粉丝、举行过几十次全国校园巡演的人气乐队。

他们就好像真正的启明星一样，是明和学院那批追梦的年轻人的梦想象征。

然而这一晚，"启明星"之光似乎要暗淡下来了。

主唱路子尧在唱完安可曲后，并没有跟其他两人一起再次朝观众鞠躬，而是拿着话筒，宣布了一个让人震惊的消息。

"我，路子尧，宣布从今天起退出启明星乐队，谢谢大家一直以来的支持！"

"轰轰——"

就好像火药桶爆炸了一样，嗡嗡的议论声从小块区域蔓延至全场，最后形成了一片巨大的声波。

"不是开玩笑吧？"

"子尧是主唱，他退出了，启明星乐队岂不是要解散……"

"不要啊，启明星乐队不要解散……"

……

乐队的其他两人都没有料到路子尧会做出这样的举动，皆愣在了原地。直到路子尧说完，将话筒往黎墨手里一塞，也不管他掀起的轩然大波，直接走向了后台。

"子尧吃错药了吧，突然宣布这个消息，当我们两个成员是死人吗？"脾气暴躁的方拓忍不住将手里的贝斯狠狠地往地上一摔，"不行，我要找那家伙问清楚！"

他红着眼追着路子尧往后台走去。

此刻，空荡荡的舞台上只剩下黎墨一个人。

头顶上方的聚光灯明亮而又炙热，将黑夜照得如同白昼，台下一片哗然。那黑压压的观众在他看来，似乎融入了黑暗中，他再也看不清他们的脸了。

台下的哗然声更大了。

黎墨知道，身为乐队队长的自己应该处理好这件事，他应该拿起话筒，展露他最擅长的安抚人心的微笑，告诉大家刚刚只是子尧跟大家开的玩笑，启明星乐队不会解散；或者说这是启明星乐队即将参与舞台剧的预热，大家是不是被子尧出色的演技骗到了……

他有很多方法可以圆过去的，可以安抚台下躁动的观众，等到后面他再去找子尧谈话，问清楚原因并说服他改变主意，按照他的安排做……

他还可以……

但是，他都没有那样做。

从子尧宣布退出到现在，不过十几秒钟，却好像经历了十几年的时光那样漫长。

黎墨拿起话筒，放到了嘴边。

台下的观众知道他要说话，一下子安静下来。那股巨大的声波消失了，礼堂内安静得可怕。

大家等待着启明星乐队的队长说话。

"对不起……"

嘴唇动了动，黎墨听到了仿佛不是从自己喉咙里发出来的声音。

对不起……

因为他没有办法再找理由骗大家了，启明星乐队是真的要解散了。

"轰——"

巨大而嘈杂的声音再一次在礼堂里响起。

第四篇

罗曼·罗兰的告别

在他弥留的时候，那株美丽的树对他微微笑着；而他那颗抱着一腔热爱的心，也灌注在那株树上去了。他想到，就在这一刹那，世界上有无数的生灵在相爱。

115

浅蓝色的夜溢进窗来，夏斟得太满，

萤火虫的小宫灯做着梦，

梦见唐宫，梦见追逐的轻罗小扇，

梦见另一个夏夜，一颗星的葬礼，

梦见一闪光的伸延与消灭……

（注：选自余光中《星之葬》）

周一的早晨，晴天文学社的活动室内传来一个朗读诗歌的女声。

这个声音就好像早晨嫩草叶上的露珠一样，而更加神奇的是，随着她柔缓的语调，她所在的地方突然出现了一块悬在空中的屏幕，刚刚她所念的诗歌里的意象和情境在屏幕上浮现出来。

夜空……萤火虫……星星……

画面交替着，随着女生诵读的速度，画面的转换速度也越来越快，到了最后，一帧帧的静态画面就好像全部动起来了。

女生的额头上隐隐渗出了汗珠，明明是凉爽的早晨，她却好像经历了一场马拉松比赛一样，额头上不断冒出汗珠来。随着诵读的速度加快，她的脸色也越来越白。

"我，我撑不下去了……"女生忍不住停顿了一下，朝窗边的某个人求助般地望去。

因为她的分神，半空中浮现的画面就好像电视信号断了一样，瞬间扭曲成一条条曲线。

"还没到时间！千晴殿下，你得更努力一点儿……"

出声的那个人有着宛如黑夜一般的黑发，深黑色的眼眸，精致绝伦的五官，但是无论这个人如何美丽，都掩饰不了他身上散发出的那种冷漠的恶魔气息。

就好像此刻，虽然话里带着安慰，但他丝毫没有要对夏千晴放松要求的意思。

唉，都怪自己。

夏千晴忍不住在心里埋怨：当时就应该拒绝这个恶魔提出的什么晨练计划。

她哪里知道会那么痛苦，一边念诗歌，一边要全神贯注用精神力构建出诗歌的意象。

根据恶魔的介绍，这就是文学幻境能力的初级锻炼。如果夏千晴想要掌握这种能力，有朝一日单凭自己去开启文学幻境，那么这种小小的锻炼是不能少的。

"……梦见另一个夏夜，一颗星的葬礼，梦见一闪光的伸延与消灭……"

夏千晴只好继续努力，一边诵读诗歌，一边用精神力在那块屏幕上制造和诗歌意象相关的画面。

过度使用精神力让她的大脑抽痛，就好像脑袋里有10个伐木工人在用锯子锯着她敏感的神经一样。

汗水不停地从她的额头滚落。

终于，恶魔规定的时间到了，而夏千晴最后用精神力构建出来的静态画面突然活动起来，从平面的形态变成了立体的形态——

萤火虫环绕着星星飞舞，光芒一闪一闪，夜空的背景盛大而美丽，画面的下方，一个执着宫扇的唐装宫女莲步轻移，颔首微笑。

"成功了！"

夏千晴终于放松了紧绷的神经，绽放出一个大大的笑容，因为布满了汗水，白皙的脸庞反射着光泽，显得格外晶莹。

而一旁将一切看在眼里的蓝洛斐，嘴角的弧度加大，他微不可察地点点头，表示这场令夏千晴痛苦万分的晨练可以结束了。

"做得不错。"

恶魔难得的夸奖让夏千晴差点儿热泪盈眶。

呜呜呜，自己受的苦没白受！

"但下次练习也要加油哦……"

在夏千晴完全放松下来的那一刻，蓝洛斐特意走到她身前，俯下身在她耳边叮嘱了一句。

原本因为蓝洛斐的靠近而脸红的夏千晴，在听清那句话后，心情如坐过山车般从最高处跌到了谷底。

"不……我会死的……"

她不顾形象地发出了惨叫，蓝洛斐的笑容却越发灿烂了。

凄惨的叫声传出房间，就连隔壁围棋社的社员们听了都忍不住皱起了眉头。

"隔壁是体育社吗？锻炼得真刻苦啊！"一个手执黑棋的男生问其他人。

"不是，好像是文学社……"

和他对局的人摇了摇头。

"这个社团有点儿可怕呢！"男生忍不住心有余悸：本来还打算睦邻友好的，现在看来还是算了吧。

　　　　回家换了一身衣服的夏千晴赶回学院上下午的课程。

当她走进教室的时候，发现班上的气氛有点儿奇怪。

跟她关系比较好的几个女生都一副闷闷不乐的样子，上次看到这种情况，好像是她们都喜欢的某天王已婚新闻发布的时候。

"怎么了？是不是又有什么明星传出婚讯了？"夏千晴走过去问道。

"比那个更惨……"

"对啊，我的心都碎了！"

"我不只心碎，我的梦也碎了。"

三个女生哀怨的声音响成一片。

到底发生了什么事啊？

夏千晴一头雾水的时候，后面一排座位上的一个男生也发出了有气无力的声音。

"是我们学院的启明星乐队要解散了，昨晚的校园演唱会上，主唱当场宣布了要退出的消息。"

"呜呜呜……路学长走了，启明星乐队就只有黎学长和方学长，没有了主唱，乐队还怎么表演啊……"

"他们是我们唯一能近距离接触到的偶像啊，是我们明和学院的骄傲……"

……

从这些人你一句我一句的话里，夏千晴总结出自己需要的信息：原来是那个启明星乐队传出解散的消息了。

作为一个不太关注娱乐方面动态的人，启明星乐队的事她还是知道一点儿的，毕竟这两年这个乐队混得风生水起。作为一支学生乐队，能做出这样的成绩，就连学院方面也比较重视，没少在广播里播放他们的消息和音乐。

但是，这支乐队正在发展势头上，怎么突然解散了？

虽然有点儿好奇，但毕竟这种事离夏千晴还是有点儿遥远，她也没有再多想，而是安慰似的拍了拍那几个女生的肩膀，找了个话题转移她们的注意力，让她们转换一下心情。

"我们这门课的考核会提前，你们知道吗？"

"啊？这么快吗？完了——"

"千晴，借你的笔记给我复印，你的下午茶点心我包了……"

"多复印一份，我也要！"

"还有我啊！千晴同学可是我们的笔记天后……"后排的男生也忍不住加入了这个话题。

2.

同一时间，启明星乐队的专属练习室内，硝烟弥漫，气氛十分紧张。

路子尧双手抱胸，沉默地占据了沙发的主位，但是他脸颊上的青肿证明了沉默不过是暂时的偃旗息鼓罢了。

左边的单人沙发上，同样脸颊青肿的方拓正用愤怒的眼神看着路子尧。如果不是他身旁有个人按住他的肩膀，他似乎随时都会冲过去再揍路子尧一顿。

按住方拓的那个人正是启明星乐队的创始人兼队长——黎墨，他的脸上并无明显的伤痕，但是脸色显得十分疲惫。

房间里的沉默气氛持续了很久。

终于，路子尧放下了跷起的腿，抬头看向了黎墨，在看到对方疲惫的面容时，他的眼里闪过一丝内疚，但是很快又消失不见。

他摆出惯常的冷酷表情，不带一丝感情地说道："我既然已经做出了决定，就不会再更改。你们如果想继续维持启明星乐队，那么就再找一个主唱。"

"黎墨哥，你别拦着我，我要去揍这个家伙一顿……"

听了他的话，气得眉毛都挑起来的方拓恶狠狠地说着，想要起身，但是黎墨重重地按住了他，说道："冷静一点儿，阿拓，就算路子要走，他也是我们的朋友！"

"朋友？有这样的朋友吗？黎墨哥，你掏心掏肺地对他，结果他接到人家抛出的高枝就立马丢下乐队走人，根本不管我们的死活……"方拓有些悲愤地转过头，对着黎墨吼起来。

那天在后台，得知路子尧退出启明星乐队是因为他接到了国内一流唱片公司的邀约，希望他单飞并签约他们公司，对方会花重金捧他出道，给他制作专辑的时候，方拓就忍不住对路子尧动手了。

在直爽的方拓看来，路子尧的这种行为就是背叛，背叛了这个朝夕相处了三年的乐队，背叛了和他一起创建这个乐队的黎墨，背叛了他们刚开始在破旧地下室一起努力练习的那段日子……

"路子尧，你以为你去了那家公司就铁定会红吗？别做梦了……"方拓没办法发泄怒气，忍不住转过头来对路子尧冷嘲热讽。

一直冷着脸的路子尧瞥了他一眼，他知道方拓这个笨蛋永远脑子一根筋，说话也是这么毫不客气，换了是别人这么说，他绝对狠狠地报复回去，但是这个笨蛋……

哼，他懒得搭理，跟方拓说一万遍也说不清楚。所以，路子尧直接忽视了在那边张牙舞爪的方拓，直直地看向了黎墨。

"我也不想做出这样的选择。我提议过整支乐队跟他们签约，但是抱歉，阿墨，他们只想签我。"

唱片公司的人非常现实，他们希望组一个既有偶像外表又有演唱实力的新人乐队，具备这个资格的路子尧被他们看中，但是启明星乐队的另外两位，虽然有实力，但是外形上比较吃亏。

比如说队长黎墨，他颇具亲和力的长相以及狭长的丹凤眼有着独特的魅力，但如果进入演艺圈，会立马沦为路人甲一流；而方拓，他的身材太健壮，更像是体育运动员，而不像明星，就算不唱歌去演戏，也只能演保镖或者打手那种角色。

"黎墨哥，你看他这语气，多牛多傲啊！别人看不上我们，只看中了他，所以他就抛下我们跟人家跑了。"

气到极点的方拓忍不出发出了嘲笑。

黎墨皱了皱眉头，他按在方拓肩膀上的手缓缓收起，闭了闭眼睛，迎向路子尧的目光，平静地说道："我尊重你的决定。"

"黎墨哥——"方拓反对的声音变得更大了。

路子尧冷静的面部表情也出现了一丝裂缝，他原本以为黎墨会责备他，会说很多大道理，会劝他留下。

他就是怕黎墨这么做，所以先斩后奏，没跟他们商量就在校园演唱会上宣布了自己退出的消息。

没想到黎墨这么容易就答应他退出了。

"但是我有一个条件……"停顿了好久，黎墨才接着说道。

路子尧一愣，心想：果然，黎墨不会那么容易就答应他退出。现在就是到了讨价还价的时候吧？他想起之前那家唱片公司的人跟他说的，如果这边搞不定，那他们可以派出法律专家帮忙，对付还没出社会的学生完全没问题。

路子尧顾念以往的情分，还不想做到那个地步。

这个时候，黎墨终于开口说出了他的要求。

"一个月后，我们启明星乐队正式举办一场告别演出，你必须出席。"

"告别演出？黎墨哥，连你也疯了吗？难道我们启明星乐队真的要解散了吗？就算没有这家伙，我们也可以找其他人啊！"最先做出反应的是方拓。

"方拓说得没错……就算我退出了，启明星乐队并不一定要解散……"微微愣住的路子尧在方拓朝他指过来的时候回过神，连忙答道。

黎墨走到方拓和路子尧的中间，看看方拓，又看看路子尧，然后露出一个笑容。

"启明星乐队是黎墨、路子尧、方拓在一起才能称为启明星的乐队，无论失去哪一个成员，启明星都不再是之前的启明星了，而在我心里……"黎墨定定地看着路子尧，"你们都是不可替代的。"

路子尧愣愣地看着他，心情有点儿复杂，带着感动，也带着猜疑。

这不会是黎墨的苦肉计吧？如果他退出，启明星乐队就解散？黎墨是用乐队解散这件事来牵绊他吗？

似乎明白了路子尧的想法，黎墨摇摇头，走过去，伸手拍了拍他的肩膀。

"放心，这不是苦肉计。"见路子尧露出尴尬的表情，黎墨冲他笑了笑，说道，"就算你没说要退出，我也打算解散乐队。"

"什么？"

"你开玩笑吧！"

另外两人露出了震惊的表情，但看到黎墨一副认真的样子，他们知道这并不是开玩笑。

启明星乐队真的要散了。

就像蒲公英一样，花开成熟了，原本汇集在一起的种子就会随风飘远，各自散落天涯。

在宣布了那个惊人的消息后，方拓负气离开，而路子尧也起身告别出门。

偌大的练习室内只剩下了黎墨一个人。

黎墨呆呆地站在原地好久，叹了一口气，走到一旁的储物柜前，从自己的柜子里拿出一本厚厚的相册。

他盘腿坐在原地，翻开了相册。

第一张是刚入学军训的时候，分在同一组的自己和路子尧代表他们的队伍表演节目，自己弹吉他，路子尧唱歌。就是因为那一次默契的合作，两人有了一起组建乐队、追逐音乐梦想的想法。

"我叫路子尧，你可以叫我路子。怎么样，咱们一起组乐队吧？"

"我是音乐系的黎墨。想组乐队没问题，但是我得先考考你……老鹰乐队发行的第二张专辑叫什么？"

"Desperado（亡命之徒）。拜托，入门级的问题就别问了，你这是小看我啊……"

"谁叫你的长相太不让人放心了。"

"这年头长得帅也是一种错吗？"

……

第二页是他们拉着刚入队的方拓一起聚会喝啤酒的照片，那上面的方拓表情还十分青涩腼腆，一些记忆闪过脑海……

"咱们乐队叫'启明星'吧！"路子尧坐在椅子上，一边调吉他弦一边向他提议。

"为什么？"

"你姓'黎明'的'黎'啊，启明星就是在黎明时分会亮的星星……你是队长，还是咱们乐队的灵魂作曲人，就用你的姓来命名……"

"我觉得叫'墨鱼乐队'也挺好，反正黎墨哥名字里有'墨'！"咬着汉堡包的方拓狼吞虎咽地吃完后，插嘴道，结果被另外两人愤怒地瞪回去——

"闭嘴！"

"笨蛋！"

"你们不懂得欣赏我取名的艺术！"

……

翻开第三页，是他们以"启明星"乐队的名义进行第一次演出的纪念照，因为不会化妆，但是舞台负责人规定必须上妆才能上台，所以三人不得不借其他人的化妆品自己上妆。拙劣的化妆技术令每人脸上都多了两团"高原红"，三张红脸凑到一起，有种说不出的滑稽。但意外的是，他们初次演出反响不错。

"耻辱啊！我以后绝对不要化妆，今天简直是我一生的噩梦！"

"咱们要是有钱请专门的化妆师就好了。啊，路子，你的脸好像猴子屁股！"

"胡说！就算再拙劣的化妆技术，也掩盖不了我英俊的容貌！小拓子，你这是嫉妒！"

"呃，子尧，真的！你刚刚好像涂太厚了，粉都不匀……"

"啊？不会吧？给我镜子！"

第四页是……

黎墨安静地坐在房间里翻着那些照片。一开始，他是带着微笑的，但是看到后面，他的动作越来越慢，目光停留在照片上的时间也越来越久。

一股落寞悲伤的气息在他的周身环绕。

作为一支有潜力的乐队，作为奋斗了那么多年、好不容易出了成绩的新兴乐队，他真的不想就这样结束。

但是，今年是他在明和学院的最后一年了，同样也是路子尧的最后一年。

出了学校，他们三人以后还要继续下去吗？

挖路子尧的那个唱片公司的经纪人在找路子尧之前其实找过他，跟他客观分析了他们乐队的前景。乐队的另外两人并不适合竞争日益残酷的社会，不具备他们需要的商业价值，所以他们只想挖走路子尧；而路子尧如果还留在他们乐队，没有资源，没有广阔的人脉，明明有着一飞冲天资质的路子尧可能会沦落到跟他们一起去小地方走穴商演或者酒吧驻唱。

而方拓……

方拓的父母瞒着方拓来找过他，希望他让方拓离队。方拓家里条件很好，本来早就安排好让他在三年级时就申请出国留学的，但是因为被黎墨看中拉入乐队，方拓拒绝了家里人的安排。

“你们这个乐队又不能唱一辈子，始终不是正经事业，你就不要耽误我儿子的前途了。”

方拓的父亲这样对他说。

“路子尧到我们公司会有更好的发展，留在你这个小乐队根本没有未来。黎同学，你好好考虑我的提议吧……”

唱片公司的人这样对他说。

而当初——

“我们做不了最红的乐队，就做最长寿、永不解散的乐队！所以你们要跟我一起好好锻炼身体，活得久，我们就赢了！”肌肉男方拓的雄心壮志是这样的。

“谁说我们红不了？有我这么帅又有实力的主唱，启明星绝对会成为乐坛的一颗恒星！小拓子，你别拖后腿……”

“告诉你们，我的梦想是20年后我们还能一起登台演出！”

当初他们是那样意气风发，对前途、对现实毫无畏惧，然而梦想总会遭遇现实带来的种种挫折。

三人来自天南地北，各自的家庭背景和顾虑不同，方拓的家人希望他出国发展，路子尧的家人投资生意失败，他急需努力赚钱减轻负担。

而黎墨自己，他其实没有很伟大的想法，他喜欢音乐，喜欢跟伙伴在一起演出，他希望他们的友谊、他们对音乐的爱和梦想会让这个团体一直持续下去……

但是已经不行了。

一旦毕业，他们不得不天各一方，就算强行留下两人和他一起奋斗，但是他们的未来、他们的家庭，黎墨扪心自问——如果他们留在乐队，他能保证让他们拥有光明而闪耀的未来吗？

他不能。

社会变得太快，而乐队发展早就不像上个世纪那样蓬勃，据他所知，很多成名的校园乐队也是一过毕业季就解散。就算没有解散，现在也是艰难地维持着。

因此，黎墨做出了妥协。

让启明星乐队在它最闪耀的时候解散吧！

黎墨继续翻相册，翻到最后一页的时候，一张涂满红色和黑色音符的曲谱从相册里掉出来。

他放下相册，捡起了那张曲谱。

这原本是他为20年后启明星乐队的告别演出准备的曲子。从乐队建起来的时候，他就开始偷偷准备这首曲子，想着到时候给其他两人一个大惊喜，但这首曲子一直到近期才完成。

原来不用等到那么多年以后，现在就可以用上了。

可惜他还没有写歌词。

身为音乐系的学生，他作曲能力一流，但作词总会被其他两个家伙挑出一堆毛病来。对于这首告别曲，他慎之又慎，所以这次，为了不留下遗憾，他想为这首准备了多年的完美告别曲找到最合适的填词人。

想到这里，他将相册收好，放进储物柜，然后拿着曲谱，打开了自己的平板电脑，在校园网上搜索。

搜索了半天，一篇名为《樱花树下的女孩》的文章进入了他的视野。

啊，就是需要这种感觉！

他要让看到歌词的人有强烈的共鸣感，所以这篇文章的作者就是他要找的作词人。

黎墨的手指触摸屏幕，点击查看作者的资料，署名是夏千晴，作者简介里写明她是明和学院一年级学生，加入的社团是晴天文学社，而这个社团接受一切跟文学和文字有关的委托。

就是她了。

3.

晴天文学社的活动室内。

夏千晴盯着茶几上那张画满五线谱的纸，感觉自己的眼睛都要变成蚊香眼了。

对面气质温雅的男生有点儿兴奋又期待地看着她，问道："怎么样？夏千晴同学，你能帮我完成这首曲子的填词吗？"

"呵呵……"夏千晴不好意思地冲对方笑了笑，"抱歉，黎墨学长，我看不懂五线谱……"

"扑哧——"

某个坐在窗边的专座上旁观的恶魔发出了一声轻笑，让夏千晴的脸一下子涨红了。她咬紧了嘴唇，在心里狠狠地吐槽：不会看五线谱又怎样？她是文学少女，又不是音乐少女！

"抱歉……"黎墨看着面前急得脸红了的学妹，反应过来自己的失误，连忙从口袋里掏出一个优盘，递给夏千晴，"这个是这首曲子的demo（样片），你可以拷贝到电脑或者手机上听，根据旋律填词就可以了……"

说完，黎墨郑重其事地向夏千晴鞠了一躬。

"千晴同学，拜托你了！我相信你一定能为我的曲子填上最完美的词……"

夏千晴躲避不及，无奈地接受了比自己高三届的学长的行礼，更加手足无措了。

"别这样，学长，我答应你保证会做好的……"

不要行这种大礼啊！如果启明星乐队的队长向自己行礼的事曝光出去，自己一定会成为一个行走的人形靶子的。

她哪里知道有朝一日，大名鼎鼎的启明星乐队会来拜托她，要她为启明星乐队告别演出的压轴曲目填词呢？

这种事如果弄不好，她就会成为全校的罪人，成为无数启明星乐队粉丝的公敌。

呜呜呜，她其实不想接，但是黎墨学长那亲切又真诚的表情，还有恶魔蓝洛斐灼灼的目光，让她根本说不出拒绝的话来。

"恭喜你，终于又接到了一个积分任务。"

黎墨走后，蓝洛斐放下遮挡住半张脸的书，走到夏千晴面前，拍了两下掌鼓励着。

"还是很麻烦的任务啊！如果没做好，启明星乐队的忠实粉丝光用唾沫就可以把我淹死了！"

夏千晴痛苦地抱着沙发上的抱枕。

"他们的粉丝很多吗？"蓝洛斐好奇地问了一句。

"很多啊，跟国内的二线人气偶像差不多，而且他们做过全国高校的巡演，不只是我们学院，其他的学院也有很多喜欢他们的人呢！"这些都是从她那帮好友那里听来的。

"嗯……"蓝洛斐停顿了一下，接下来说了一句差点儿让夏千晴从沙发上滚下来的话，"千晴殿下，我觉得如果你改走音乐路线，征服世界的进度会不会更快一点儿？"

"别这样……蓝洛斐，我真的会死的……"

要她这个连五线谱都看不懂的人去走"用音乐征服世界"之路，那绝对比让她从这栋楼跳下去还消失得快啊！

为了避免恶魔继续谈那个改走用音乐征服世界路线的话题，夏千晴随意编了借口，离开了晴天文学社。

从活动中心楼出来，走上樱花大道后，她拿出手机，戴上耳机，然后打开了刚刚从优盘里复制过来的音乐文件。

音乐响起，初夏凉爽的清风扑面而来，阳光从樱花树的枝丫间洒落，在地上涂抹出交错的黑色线条。

夏千晴踩着那些树枝的影子，突然感觉自己好像踩在了钢琴的黑白琴键上，每一步都伴随着悦耳的旋律。

一开始是轻盈的、清新的、舒缓的，慢慢地，音乐节奏加快，是明朗活泼的快节奏，紧接着是宛转悠扬的旋律。

随着旋律的变化，夏千晴的脚步也忍不住忽快忽慢，忽轻忽重，耳机里传出的音符化作一只只小精灵，跟着她的动作，在阳光和树枝的阴影之间跳跃。

　　之后，随着音乐尾声的到来，沉浸在音乐情境里的夏千晴忍不住开始旋转，轻踏，重踢，就好像自己变成了大自然里的钢琴家一样。

　　这是一首非常清新的曲子，舒缓中透着一种激昂向上的情调，很容易感染人。

　　乐曲播完，夏千晴摘下耳机。突然，她发现道路前方有两个女生正目瞪口呆地站在那里，像看怪物一样看着她。

　　她想起自己刚刚做的一系列动作，脸立马涨红了。

　　此刻真想挖个地洞把自己埋进去啊。

　　"我，我刚刚只是……只是有感而发，有感而发……"

　　她红着脸，尴尬地向别人解释，但是对方依然一副愕然的表情，令她十分窘迫。

　　天啊，请把她刚才那些旋转、踢脚、踏步的愚蠢动作从那两个无辜的路人脑海里清除出去吧！

　　4.

　　"我带着作词的灵感回来了。"

　　经历那丢脸的一幕后，夏千晴有气无力地回到了晴天文学社。

　　早知道会丢脸，还不如一开始就待在这里任由恶魔"荼毒"。

　　"你要想清楚再动笔。如果没写好，会在一大群人面前丢脸的！"蓝洛斐不放心地提醒她。

　　"告别，友谊，青春，梦想，音乐……这是黎墨学长的曲子告诉我的东

如果世界是天空，那文学就是驱散阴霾的太阳，带来晴天。

西。"夏千晴将耳机收好，一副成竹在胸的神态，"蓝洛斐，听到这首曲子的第10秒，我就知道我要借助哪位文学导师的力量了……"

"谁？"

"我很喜欢的法国作家——罗曼·罗兰。"

"为什么选他？"

"因为这次的任务跟音乐有关，而罗兰的小说也被人称作是'用音乐写的小说'。看他的文字，就和听音乐一样，节奏感、共鸣感、韵律感等完美无瑕。而且值得一提的是，他的两本名作都跟音乐、梦想有关：一部是人物传记《贝多芬传》，是为伟大的音乐家贝多芬作传；而另一部《约翰·克利斯朵夫》的主角也是一个音乐家，当然有人说这部作品其实就是以贝多芬为原型写的……"

谈到自己喜欢的作家，夏千晴的眼里闪烁出愉悦的光芒，那种自信以及发自内心的喜爱和崇拜，令她的容颜绽放出光华。

明明只是平凡的女生，但是蓝洛斐看到这样投入、这样充满活力的她，目光也忍不住停驻了。

谈及自己喜欢的东西时，她的身上有光。

他最不喜欢的就是那种光，但不可否认的是，那是非常美丽、让人移不开视线的光。

"蓝洛斐，你怎么了？我不是拜托你帮我开启文学幻境吗？"

夏千晴走到他面前，伸出手在他眼前晃了晃。

失误……

蓝洛斐这才发现自己居然在人类面前分神了——虽然是魔王继承者，但现在没有觉醒全部力量的她不过是一个普通人。

他竟然犯下了这样的错误，真是不可原谅！

这么想着，他的目光变得更加冷漠了。

他冷冷地瞪了夏千晴一眼，夏千晴被他那可怕的视线吓得后退了两步，瞪大了眼睛。

"哪本书？"蓝洛斐收敛神色，言简意赅地问道。

刚刚被吓到的夏千晴这才松了一口气，开口回答道："这次不用具体开启某部作品的幻境，请你帮我把文学导师罗曼·罗兰召唤出来吧！"

导师召唤——这是文学幻境能力的另一种运用。

只要夏千晴愿意，在蓝洛斐的帮助下，可以召唤出根据文学作品力量而形成的文学导师。注意，这个导师并不是作者本人，而是蓝洛斐根据作者的文学作品所提炼出来的一个形象，他可能会具有作者本人的相貌以及一部分性格，但最重要的是，他在文学创作方面的知识和经验会给夏千晴提供强有力的指导。

"好期待！蓝洛斐，快点儿帮我把我的偶像召唤出来……"

夏千晴无比兴奋地望着他。

蓝洛斐的目光扫过她的笑脸，微微皱了皱眉头，随后闭上眼睛，表情重新归于冷淡。

等待了片刻，蓝洛斐开始动作。

他的双手在空中画出了闪着光芒的复杂图案，左手放在图案上方，右手轻轻一点，罗曼·罗兰的著作——《贝多芬传》《米开朗基罗传》《托尔斯泰传》《约翰·克利斯朵夫》等以水晶幻影的方式在空中出现，随后进入那个复杂图案规定的位置。

夏千晴屏住了呼吸，看着在蓝洛斐的魔力下生成的巨大图案。在那些书的水晶幻影分别嵌入到图案中时，图案上的光芒更加明亮，刺得夏千晴不得不伸手遮挡在眼前。

有什么在图案的中央生成了，但是因为光线太明亮，夏千晴看不清。她努力睁大眼睛去看，结果闪过一阵耀眼的光芒。

天啊，视野里一片白花花的。

夏千晴觉得自己可以抱着头去找个地方痛哭一会儿了。

只是因为迫切想见到自己的偶像，结果却被光芒闪花了眼。等她的视线恢复正常，偶像已经出现了。

罗曼·罗兰给她的第一感觉是，聪明有才华的人发际线总是很高的，接着是他花白的眉毛和两缕长长的胡须，宛如玻璃珠一样剔透的眼眸，双眉是下垂的弧度，眼睛瞪得大大的。

他穿着高领白衬衣和正装，看上去有点儿严肃。

夏千晴忍不住跑去书架旁，拿了罗曼·罗兰的一本著作，翻看作者简介上的小小肖像图，对照着看了看。这个浮在半空中宛如幽灵一样的人果然是罗曼·罗兰本人！

"您，您好……罗兰导师！"

夏千晴一时间激动得说话都结巴了，手里还抓着书，就朝他深深地鞠了一躬。

半空中的罗兰朝她点头，以动作示意，并没有开口。

这时，夏千晴才想到一点，罗曼·罗兰是法国人，而自己不会法语，那要怎么跟人家交流啊？

夏千晴疑惑地看向蓝洛斐。

"语言不通……要怎么交流？我听不懂罗兰导师的语言啊……"

蓝洛斐的目光从罗兰身上收回，看向夏千晴，解释道："用你的精神力与他沟通。这是用文学幻境能力从作者的文学作品里提炼出来的，并不是作者本人。实质上，他等于是作品精神构建出来的一个导师形象，所以你用精神力就可以跟对方沟通，不必用语言。”

夏千晴运用起自己还不熟练的精神力，看向对方，用精神力跟对方打招呼，并且发出自己的恳求。

“您好，罗兰导师，我是夏千晴。我需要为一支年轻的乐队创作出告别曲的词，为他们的青春、梦想和友谊做一个告别纪念，希望您能给予我写作上的指导。”

罗兰严肃的目光落到了夏千晴的身上，随后他点点头，表示明白了夏千晴的话。

夏千晴听到了罗兰的声音。

夏千晴没办法形容那个声音，因为它不是在空气中传播，而是直接在脑海里响起的，每一个字就像在山顶听到寺庙里的钟声一样，在脑海里引起一片震荡。

“放出那首曲子……”

夏千晴连忙打开电脑，然后打开了音乐播放器，点击了“播放”。

那首曲子通过连接着电脑的小音箱播放出来了。

第一段旋律舒缓又轻柔，就好像朋友们在阳光下微笑的样子，而罗兰那个特别的声音再次在夏千晴的脑海里响起——

“智慧、友爱，这是照亮我们的黑夜唯一的光亮……有了朋友，生命才显出它全部的价值……”

“幸福是灵魂的一种香味，是一颗歌唱的心的和声，而灵魂最美的音乐是慈悲……”

这是在说友谊和音乐。

夏千晴惊讶地望着罗兰飘浮在空中的幻影，他的身体轮廓是由光组成的，配着他此刻端庄严肃的表情，不知道为什么，让夏千晴有种神圣的感觉。

紧接着，夏千晴看到罗兰随意地从自己的衣兜里拿出了一本书——《约翰·克利斯朵夫》，他翻开前面几页，然后将上面的文字抓出来，就仿佛在抛掷什么东西一样，将那团文字朝夏千晴丢来。

夏千晴下意识地用手去接，但是那团文字如同光雨一样，一接触到她的身体就融化了。

她的大脑嗡嗡作响，脑海里出现了一个画面——

……先是一些若有似无的小岛，仅仅在水面上探出头来的岩石。在它们周围，风平浪静，一片汪洋的水在晨光熹微中展布开去。随后又是些新的小岛在阳光中闪耀。

有些形象从灵魂的深处浮起，异乎寻常的清晰。无边无际的日子，在伟大而单调的摆动中轮回不已，永远没有分别，可是慢慢地显出一大串首尾相连的岁月，它们的面貌有些是笑盈盈的，有些是忧郁的。时光的连续常会中断，但种种的往事能超越年月而相接……

夏千晴记得，这些场景是《约翰·克利斯朵夫》的开头，作者描述男主人公克利斯朵夫婴儿时期对外界的模糊感知……

而这一段描写也好像音乐的开始，音乐没有文字那么具体，但是更加神奇、难以捉摸。所以罗兰这是告诉她，音乐的序章如同故事的开篇，是让聆听者构建最初的模糊的意象。

结合之前罗兰导师的提示以及对启明星乐队的一些了解，夏千晴缓缓地闭上眼睛。

音乐倒带，重新播放前面的段落。

轻盈的，清新的，舒缓的……

在夏千晴的脑海中，三名男生并肩在阳光下微笑前行的场景跳了出来。年轻的脸庞上带着对音乐梦想一往无前的憧憬和信心，步伐是那么坚定有力。

一个人年轻的时候需要有个幻象，觉得自己参与着人间伟大的活动，在那里革新世界，他的感官会跟着宇宙所有的气息而震动，觉得那么自由，那么轻松。他还没有家室之累，一无所有，无所惧。因为一无所有，所以能慷慨地舍弃一切。

人生是艰苦的。对不甘于平庸凡俗的人，那是一场无日无夜的斗争，往往是悲惨的、没有光华的、没有幸福的，在孤独与静寂中展开的斗争……他们只能依靠自己，可是有时连最强的人都不免于在苦难中蹉跎。

罗兰的声音再次在她的脑海里响起，这是在说青春与奋斗。

随着他的诉说，他又拿出一本书，抓出其中一段文字，凝聚成光团丢向夏千晴。

当他要建造什么纪念物时，他会费掉几年的光阴到石厂中去挑选石块，建筑搬运石块的大路；他要成为一切：工程师、手工人、斫石工人；他要独自干完一切；建造宫邸教堂，由他一个人来。这是一种判罚苦役的生活，他甚至不愿分出时间去饮食睡眠。

在他的信札内，随处看得到同样可怜的语句："我几乎没有用餐的时间……我没有时间吃东西……十二年以来，我的肉体被疲倦所毁坏了，我缺乏一切必需品……我没有一个铜子，我是裸体了，我感受无数的痛苦……我在悲惨与痛苦中讨生活……我和患难争斗……"

《米开朗基罗传》里，作者如是描述艺术家的创造和奋斗历程。

而这个时候，音乐也进行到了下一阶段的旋律，节奏是那样明快而活泼，每小节最后的音符都有着激昂向上的力道，这是在倾诉三人为了音乐梦想而共同努力。

夏千晴的脑海里出现了这样一个画面：闷热狭小的地下室，恶劣的环境，尚未成名的启明星乐队成员大汗淋漓地在那里排练。为了一次好不容易争取到的5分钟演出，他们已经排练了十几次，而他们的努力迎来的是令他们兴奋的喝彩和支持……

"人生不发行往返车票，一旦出发了就再也不会归来了。"

罗兰的声音再次响起。

音乐在急促的节奏后进入了舒缓忧伤的尾声，但又不是那种沉郁的基调，而是像太阳在阴云背后射出金光一样。

即使相聚后便要结束，即使最后不得不告别，那也别让悲伤和遗憾占据最后的相聚，告别也是纪念，缓慢忧伤的旋律中透着希望和光明。

罗兰投掷的文字形成的光雨再次在夏千晴的上方降落。

139

这次他选取的是《约翰·克利斯朵夫》结尾的段落——

克利斯朵夫望着掠在窗上的一根树枝出神。

树枝膨胀起来，滋润的嫩芽爆发了，小小的白花开满了。

这个花丛，这些叶子，这些复活的生命，显得一切都把自己交给了苏生的力。

这境界使克利斯朵夫不再觉得呼吸艰难，不再感到垂死的肉体，而在树枝上面再生了。那生意有个柔和的光轮罩着他，好似给他一个亲吻。

在他弥留的时候，那株美丽的树对他微微笑着；而他那颗抱着一腔热爱的心，也灌注在那株树上去了。他想到，就在这一刹那，世界上有无数的生灵在相爱……

在跟生命告别的瞬间，克利斯朵夫看到了一株植物的微笑，在那一刻，他感受到的是有无数生灵在相爱。

原来，跟生命的告别也可以这么美！

夏千晴缓缓闭上眼睛，音乐最后的旋律、罗兰的提示和文字光雨，让她的脑海里浮现出这样的画面——

黎墨、路子尧、方拓一起站在舞台上，就像第一次充满激情和梦想的登台一样，他们依然默契地微笑，为自己的青春、梦想做最后的告别。

她找到了！她找到启明星乐队的告别曲目需要的感觉了！

"谢谢您，罗兰导师……"

夏千晴激动地鞠躬，向这位可敬的文学导师致谢，而罗兰只是微微颔首示意。

随着蓝洛斐的动作，发光的幻影飞入了那个飘浮在空中的图案中央，慢慢地消失。

最后，连同那个图案一起隐没在了空气中。

5.

夏千晴还记得自己小学升初中，知道好朋友被分到了跟自己不同的学校时，那种仿佛天都塌了的伤心。

她们做了三年的同桌，玩游戏，做作业，逛街，甚至上厕所都形影不离，但是因为升学而被迫面对人生的第一次分离。

那个时候，她们认为彼此是人生中最重要的朋友，她们应该时时刻刻在一起，永远不分开。

幼稚的两人甚至还向家长抗议，一定要待在同一所学校，结果换来各自家长的一顿教训。

大哭一场后，在家长的压迫下，两人还是乖乖地去各自的学校上学。

两人都以为自己会因为想念对方而过得很苦恼，但并不是这样，新的环境里会认识新的朋友，会有新的事情吸引她们的注意力。她们分别交到了其他的朋友，找到了别的兴趣爱好，发现就算少了对方，自己的人生也并不会因此停步不前。

当然，这是需要时间来告诉自己的。而且只是分校而已，周末她们还是可以聚会。

她们发现，比起从前，每周一次的聚会让她们更容易包容对方。当然，她们的感情并不像从前那样亲密无间了，但这也是成熟的一种代价，在她可承受的范围内，不是吗？

启明星乐队将要面临的告别，也是成长必须付出的代价。

有的时候，人不能只靠高高在上的梦想活着，他们也要考虑家人，考虑现实。他们爱音乐，但也许可以换其他的方式继续去爱，并不是爱音乐就要以音乐为生的。

"我想要一场盛大的告别……"

在拜托夏千晴的时候，那个单眼皮的学长郑重地跟她说。

不止是跟启明星乐队的粉丝告别，不止是队员们互相告别，还有向他们曾经的青春和梦想告别。

告别不是结束，而是迎来新的开始！

拿到夏千晴发来的歌词那天，看完歌词后，黎墨忍不住露出了这么多天来最灿烂的笑容。

"这正是我要的告别，谢谢你，夏千晴同学。"

随后，他立马打电话给另外两人，并且将歌词以邮件的方式发给了他们。

"我们启明星乐队的告别曲，路子，小拓，最后的演出，我们不要留下遗憾！"

另外两边——

"嗡嗡——"

路子尧放下吉他，拿起手机，片刻后，他忍不住瞪大眼睛。随后，酷酷的脸上也露出了微笑，晶莹的水光从他的眼里一闪而过。

他回复道："好，为了永远的启明星。"

某家餐厅的角落里，一个身材魁梧的男生一边咬着汉堡，一边打开了手机，看完那条短信后——

"啪嗒——"

汉堡包从他张大的嘴巴里掉下来了。

"启明星！"

他突然跳起来，抓着手机大叫起来，引来餐厅其他客人的怒视，但是这个迟钝的家伙没注意，连没吃完的汉堡包都忘记拿，就冲出了餐厅。

"我要去练习了……"

启明星乐队告别演出的那天。

那是一个特别晴朗的夏夜。

天上的星星似乎都知晓这次演出一样，集体出席，钻出深蓝色的幕布，绽放出幽幽光亮。

晚上8点，明和学院体育馆内。

学院特别为他们提供了最大的体育馆作为演出的场所，而来自本校、邻校甚至其他城市的粉丝们挤满了会场。

虽然没办法像大明星那样拥有绚丽的舞美和灯光，但是简陋的舞台也挡不住观众们的热情。

顶端的大灯投下光芒，被鲜花和彩灯装饰的舞台，超大的LED屏幕上打出了"感恩·告别，启明星最后演出"几个字，而黎墨收藏的照片被制作为幻灯片在大屏幕上播放。

"启明星！启明星！启明星……"

"呜呜呜……永远支持你们！"

"不要告别好不好？"

……

台下的观众有的激动得哭了。

因为拿到了队长送的贵宾票，坐到了好位子的夏千晴第一次来到气氛这么热闹的场所，感觉非常新鲜。听到那些粉丝激动的尖叫声，她也很容易被感染了。

"他们真的很喜欢启明星乐队呢！"

"所以，千晴殿下，你要不要考虑换一个方式？我有办法让你比他们红百倍。"

一身正装出席，但是戴着帽子，帽檐压得很低，只露出精致下巴的蓝洛斐环顾四周后，在夏千晴的耳边提议。

夏千晴忍不住往另一边挪了挪，说道："我不要！我是纯正的文学少女！啊，蓝洛斐，快看，他们出场了！"

怕蓝洛斐继续谈这个话题，夏千晴连忙指着舞台方向。

蓝洛斐闻言，转过头，暂时放她一马。

启明星乐队的队员真的出场了……

他们的到来让场内的尖叫声和呐喊声更大了，巨大的声响似乎能将屋顶掀翻。

"很抱歉，这是我们启明星乐队的最后一次演出……"

穿着一身黑色礼服、身姿笔挺的黎墨走到话筒前。

"谢谢你们一直以来的支持！"

同样穿着黑色正装不过略带休闲风格的路子尧走到他旁边，凑到话筒前，搭着他的肩膀。

"启明星乐队不在了，但是我们喜欢的启明星会永远在天空中闪烁，照亮大家！"

身穿黑色礼服背心、鼓鼓的肌肉把黑色礼服完全撑起的方拓跟着上前来。

"《再见，启明星》……"

黎墨微笑着跟身旁的队友交换眼神。

路子尧深吸一口气，在话筒前大声喊道："我们的告别曲，真诚地献给……"

"最可爱、最值得感谢的你们！"

方拓最后完全是在吼叫。

灯光突然暗下来，只留下淡淡的三束，投射在三人上方。

路子尧闭上眼睛，站在话筒前。

此刻会场完全安静下来了，万籁俱寂，只等着他发出声音。

轻柔的音乐旋律响起，而后，一个沙哑的男声投注了他所有的感情唱出——

"我们是飘浮宇宙的尘埃。
在亿万光年的距离里流浪。

我们曾邂逅孤独的小行星，
也曾领略恒星的巨大光热。

我们曾在旋转陨石带上滑翔，
也曾于危险的黑洞边缘挣扎。

我们见过巨大而美丽的星云，
也于无数日夜独自漫步虚无。

直到有一天尘埃爆炸，星核诞生，

以尘埃为心成为启明星。

谁知道，

每一粒尘埃，

都有一颗想成为星星的心。

曾在无数人脚下匍匐，

有朝一日却拥有闪耀天空的命运。

我们是黎明时分的启明星，

在天际照亮无数人前路。

我们曾见过白垩纪与恐龙，

也曾注目被时间淹没的文明。

我们曾见过亿万次的晨曦，

也曾感动过日暮的悲壮美丽。

我们曾寂寞守候漫长的黑夜，

也曾被大雾遮挡住遥远的身影。

我们历经无数次的沧海桑田，

也在岁月变迁里指引过方向。

直到有一天时间寂灭，

星核碎裂，

启明星陨落为尘埃。

谁知道，

每一颗星星，

都有一颗尘埃做成的心。

欣喜过被无数人仰望，

最后还是告别繁华，回归平凡。

再见，启明星。

谁知道，

每一颗星星，

都有一颗尘埃做成的心。

再见，启明星。

我知道，

这只是短暂的告别。

有一天，

我们终将在天空彼端重逢……"

随着路子尧极具分辨力的嗓音响起，乐曲的旋律也慢慢流淌而出。

乐队的其他两人也配合着演奏，不需要语言，只要眼神和微笑，三人就能默契交流。

演唱中，他们三人就好像回到了最初登台的时候。

那个时候观众没有这么多，那个时候他们的打扮也没有现在这么得体，更没有这么好的音响设备和舞台。

但那个时候天不怕地不怕的他们，有着一往无前的勇气和信心。而今天，是面临毕业、面临人生的重要分岔路后，他们做出的选择——

一场让他们的青春完美落幕的告别演出。

方拓最终还是答应了家人的安排，明年应该就会出国留学；路子尧毕业后会加入那家唱片公司，成为正式的签约艺人，拿到签约金后也能给家里减轻不少的负担；黎墨会继续深造，如果不组乐队了，他应该会转型幕后创作……

他们这一次是真正的告别了，向他们的青春告别。

再见，启明星。

曾经的启明星，曾经的梦想……

最后都要归于平凡现实的生活。

每一颗星星都有一颗尘埃做成的心，哪怕重新回到像尘埃一样平凡的生活，他们也不会忘记成为被人仰望的"星星"时经历的一切。

舞台后方的屏幕上出现大幅的星空背景，歌词一句句地在底端浮现，还有"《再见，启明星》作曲——黎墨，作词——晴天"的字样在屏幕上打出来。

"怎么样？蓝洛斐，你觉得这次我能拿多少分？"

听着自己作的词被人完美地演唱出来，夏千晴心中油然生出一股自豪感，她转过头问蓝洛斐。

蓝洛斐闻言，偏过头，修长的手指抬高了一下帽檐，幽暗的灯光在他俊美的容颜上留下迷人的阴影。

"跟上次一样。"

"啊？还是25分？你不是应该每次给我加点儿分吗？"

大概是前面几次节节高升的分数让夏千晴的期望值增加了，没想到这次还是维持原样。

"不满意？那么20……"

蓝洛斐眯着眼睛看向她。

夏千晴连忙挥挥手，说道："不，我很满意！25分很好！蓝洛斐，你这个分数打得非常公道，真的！"

夏千晴不断点头，表示自己很认可他给出的分数。

蓝洛斐嗤笑了一声，随后转过头，目光移回了舞台上。夏千晴忍不住别过脸，偷偷地做了个撇嘴的动作。

哼，恶魔果然是爱斤斤计较的家伙！

如果世界是天空，那文学就是驱散阴霾的太阳，带来晴天。

名家TIPS：

罗曼·罗兰（摘自百度百科）

罗曼·罗兰（1866年1月29日－1944年12月30日），法国现代著名文学家、传记作家、音乐评论家、社会活动家。作为作家，他创作了《名人传》（包括《贝多芬传》《米开朗基罗传》《托尔斯泰传》）《约翰·克利斯朵夫》《母与子》（又名《欣悦的灵魂》）等作品，并获得1915年诺贝尔文学奖；作为社会活动家，他一生坚持自由真理正义，为人类的权利和反法西斯斗争奔走不息，被称为"欧洲的良心"。

第五篇 / **卡夫卡的挑战**

当他凝视着眼前的一片黑暗时，他感到一种莫大的自豪，他的父母和妹妹在如此漂亮的住宅里过着这样的生活，这都是他为他们创造的的。难道现在所有这些宁静、幸福和安乐就要令人吃惊地结束了吗？

——卡夫卡《变形记》

1.

夏千晴早晨醒来的时候，觉得很不对劲。

她缓缓地睁开眼睛，不知道为什么视线有点儿模糊，身体好像变得很沉重，脑袋也疼痛着。

她掀开被子坐起来，打算去洗个脸。

但是她没摸到床头柜上的台灯开关，反而摸到了一个冰凉的东西，根据手感和形状，她判断是眼镜。

她的视力很好，父母也不戴眼镜，那这副眼镜是哪里来的？

她努力睁大眼睛打量四周，虽然看不清楚，但是也能大概分辨出屋子内的摆设。

自己那个占据整面墙的书架怎么没了？

天花板上的星空灯怎么变成了水晶灯？

房间好像也变大了很多，啊，等等！

这张深蓝色和灰色相间的条纹被子是谁的？她的被子明明是素雅田园风的小碎花图案啊！

夏千晴惊讶得想捂住嘴巴，但当她抬起手时，才发现最不对劲的是她本身。

她白皙光滑的手臂怎么变成了一个消瘦苍白、手背上青筋突起的成年人的手臂？

"到底怎么回事啊?我是不是做梦还没醒呢?"

她要找镜子,镜子!

在陌生的房间里像无头苍蝇一样找了好久,她才找到洗手间的门。

打开门后,近距离看到镜子里的那个人时——

"啊啊啊——"

惨叫声打破了清晨的宁静。

"为什么变成这样了?我是不是在做梦?"

看到镜子里那张全然陌生……不对,也不能说是陌生,但总之不是自己的脸后,夏千晴此刻已经濒临崩溃了。

尤其是她发现自己并不是做梦,而是真的变成了跟自己完全不同的一个人——

他们系的那位号称"挂科王""女煞星"的文学理论课老师——莫桑怡!

一个年纪比夏千晴大一倍还不止的中年女性!

一个头发总是梳得一丝不苟、戴着银边眼镜,脸上除了严肃这唯一的表情,从来不笑的大龄独身女强人!

"哪怕是做梦,这也是个噩梦啊!为什么我会变成女煞星啊?这里不是我家,这也不是我的身体……难道我是自己妄想出来的?但是我明明记得我是夏千晴,我家住在……"

夏千晴颓然地披着毯子坐在床上,一边哀叹,一边努力理清过去二十四小时内发生的事情。

昨天是周末,她很晚才起床,和爸妈吃完午饭后,独自出门去市内的新华书店买书。

她买了圣埃克絮佩里的《小王子》的最新版本和一套《博尔赫斯文集》，然后在喜欢的点心店喝了个下午茶，顺便把爸妈爱吃的甜点带回家，再然后……

她收到了一条短信。

她想起来了！

那条署名为"恶魔社长L"的短信——

"尊敬的千晴殿下，在下为你准备了一场非常特别的试炼，试炼时间定在明天，请做好准备。通过本次特殊试炼，即可获得最高积分30分！"

当时她也只是稍微惊讶了一下，认为不论是哪种特殊试炼，她兵来将挡，水来土掩就好，没有太在意，结果她一觉醒来，自己就变成了现在这副模样。

如果说这个情况和蓝洛斐说的特殊试炼没有关系，她是绝对不相信的。

但是，把她一个妙龄少女变成学院里最不受欢迎的严肃女老师，也太过分了吧！

这算什么试炼啊？

她不服气！

她要找蓝洛斐问清楚，还有，他把她原来的身体藏到哪里去了？

想到就做，夏千晴立马行动，跑去找衣服换，还好这个身体似乎对周围的环境有种隐约而神奇的直觉，大脑稍微清醒的她还是顺利找到了衣柜的所在地。

但是看着衣柜里除了黑色就是深灰色、浅灰色、咖啡色的庄重的职业装，夏千晴忍不住扶额叹气。

不行，她一定要快点儿把自己的身体换回来！

她随意挑了一套浅灰色的套装换上，系衬衫的扣子时，原本这个身体的手习惯性地要扣到最上面一颗，但是夏千晴用自己的理智止住了，解开了最上面的两颗，露出了锁骨。

然后是头发……

夏千晴根本不可能像这位老师原来那样绾着一丝不苟的发髻，所以她将头发扎成了丸子头。

10分钟后，洗漱穿戴好的夏千晴看着镜子里的自己——

非常不严谨的丸子头和庄严过头的灰色套装，还有脸上那非常不自然的表情……

"对不起，莫老师，我知道，如果您看到现在这个样子的自己，绝对想灭了我，但是抱歉，我真的不会弄您的招牌发型。所以就这样吧，我出门了！"

在玄关处的鞋柜找了一双黑色粗跟皮鞋换上，再次凭着身体的直觉找到了钥匙和包，夏千晴深吸一口气，鼓起勇气打开了门。

"对不起，您拨打的电话不在服务区。"

出租车上，夏千晴掏出手机一遍遍地拨打蓝洛斐的号码，但是不论打过去多少次，那边总是告诉她用户不在服务区。

到了明和学院，她匆匆下车，赶往社团活动中心楼。

一路上，看到她的学生纷纷侧目，夏千晴知道，肯定是自己这副打扮跟平时一丝不苟、从容不迫的"女煞星"差太远，所以那些人才纷纷用震惊无比的目光看着她，但是现在她也没法管了。

"莫老师好！"

第五篇　卡夫卡的挑战

当他凝视着眼前的一片黑暗时，他感到一种莫大的自豪，他的父母和妹妹在如此漂亮的住宅里过着这样的生活，这都是他为他们创造的。难道现在所有这些宁静、幸福和安乐就要令人吃惊地结束了吗？

"老师好……"

在踏进活动中心楼后，同学们纷纷礼貌地跟她打招呼，夏千晴下意识地露出笑容，回应道："早上好！"

"咔嚓——"

夏千晴发誓，在她挥手回应人家的问好后，绝对听到了两声清脆的石化声。

那两个打招呼的同学已经目瞪口呆地僵在了原地。

糟糕！

她忘了自己现在是不苟言笑的莫老师，露馅了！

反应过来后，她立马收敛笑容，摆出莫老师一贯刻板的表情，目不斜视地和那两人擦肩而过，就当刚刚什么事都没发生一样。

直到夏千晴走上楼梯，还听到刚刚那两人在那里疑惑地争论。

"刚刚我好像看到女煞星朝我笑了。"

"她是不是想要让我挂科啊？惨了——"

"也许是我们同时产生了幻觉？"

"她真的朝我们笑了……"

……

一滴冷汗从夏千晴的额角滑落下来，但是她也顾不上那么多了，现在关键是找到蓝洛斐把事情问个清楚——

把她弄成这个样子到底是要干什么！

活动楼七楼，推开晴天文学社的门后，夏千晴走了进去。

"人呢？蓝洛斐——蓝洛斐——"

环视一周，没发现要找的人，夏千晴忍不住焦急地喊起来。

电话打不通，也不在活动室——

那他到底去了哪里呢？

他没有固定的住所，要找他基本就是在这间活动室，除了这里，她不知道要去哪里找了。

就在这时，夏千晴发现蓝洛斐平时喜欢待的那个座位上有什么东西，她走过去一看，是一张写满字的便条。

千晴殿下，欢迎进入魔王的第一次特殊试炼。

在今天午夜零点到来前，你不但要以莫桑怡的身份体验一天，还要找出这次试炼我所选取的是哪部文学作品作为蓝本，并且开启该作品的文学幻境进入，我和千晴殿下宝贵的身体都在这个幻境里恭候你的到来……当然，如果你没有在规定时间内进入到正确的文学作品的幻境，会有很可怕的后果哦。

忠诚的契约者——兰斯洛斐

看完这张便条后，夏千晴真的很想仰天大叫一声。

蓝洛斐的意思是，现在自己这种状况，是因为他对她使用了某部文学作品的幻境力量而造成的，所以她得以这个新身份平安地度过这一天，并且在零点前找出他选择的那部作品，开启作品的文学幻境，偷走自己身体的蓝洛斐会在那部作品的幻境里等她。

她想弄清楚事情的真相，她想回到自己的身体，都得先找到他啊！

如果没做到，后果就会很可怕……

说不定自己一辈子都得以这个身份生活下去了。

不行，自己绝对不能变成那个样子。

"丁零零——"

就在夏千晴思考着要怎么解决问题的时候，手包里的手机嗡嗡地响起来了。

她手忙脚乱地从包里掏出手机一看，居然是日程提醒。

"上午9:30，第三教学楼501阶梯教室，文学理论课两节。"

"啊，还得去上课？"

夏千晴整个人石化在原地。

要她以"女煞星""挂科王"的老师身份顺利度过这一天，这绝对是她有生以来遇到的最大挑战。

2.

上午9:30，第三教学楼501阶梯教室已经坐满了学生，出勤率百分百。

原因在于这堂课的老师——"挂科王"莫桑怡每堂课必点到，如果有人逃课，那么这门课也挂定了。更何况这位老师是以严苛、不近人情而闻名全校的。

不管你怎样求情，不管你有什么背景，不管你给学校拿过多少奖，如果没有按照她的规矩来，那抱歉，缺课一次，期末考试成绩扣10分，两次扣20分……三次，抱歉，你的考试成绩作废。

就是这样，枯燥无味的文学理论课成为了明和学院出勤率最高的课程。

当夏千晴做了半天心理准备，才勉强摆出那张面瘫脸，尽量不显露慌张地踏进教室时，教室里安静得出奇。

夏千晴站在讲台上，努力让自己站得笔直——在她的印象里，这位莫老师上课的时候像站军姿似的，背挺得直直的。

她得用这个身份度过这一天，那么，为了避免出现意外，被别人怀疑，她还是得好好扮演这个角色。

不过，她的腿能不能别抖啊……

夏千晴的目光往下移去，就看到自己的腿仿佛安装了什么自动机关似的，颤抖个不停。还好有讲台遮挡，不然被台下的同学发现，绝对会露出马脚。

冷静啊，夏千晴，这可是恶魔特意给出的挑战，你绝对不能输。

夏千晴一边给自己打气，一边深呼吸，让自己的心情平静下来，她抬头扫视了一下阶梯教室里的人。

黑压压的一大片……因为这门课程是专业选修，所以有两个班级同时上，学生比平时更多。

"咳咳……"

夏千晴咳嗽了一声，她发现因为自己的这个动作，台下的学生仿佛收到了什么信号一样，一个个坐得笔挺的。原本还有学生的手放在桌上，因为她这声咳嗽，立马正襟危坐，所有人都战战兢兢地望着她。

接下来该做什么来着？

夏千晴咳嗽了一声后就没再说话了，因为她发现自己不知道接下来该做什么。

讲课……但是她根本不知道接下来该讲什么啊。

她正焦急的时候，突然一道灵光闪过，她想到解决办法了。

"今天这两堂课自习。"

夏千晴板着脸，非常严肃地扫视台下的同学一周后，刻意用严肃的语调说出了上面的话。

"自习？"

"呃，为什么自习啊？"

"今天莫老师有点儿奇怪啊，居然没点名呢。"

"是啊，你看她的衬衫，还有丸子头……莫老师今天怎么了？"

……

因为这出乎意料的决定，台下的学生忍不住开始你看我，我看你地交头接耳起来。

"肃静——"夏千晴提高了音量，教室里重新恢复安静后，她接着说道，"因为我准备明天上课时进行随堂小考，所以给你们两节课的时间复习。小考成绩将列入期末总成绩考评！"

在她说完这段话后，刚刚觉得莫老师性情大变的学生一个个垮下脸来。

"呜呜呜……果然还是女煞星……"

"怎么又考试啊？上次已经交过一篇论文了……"

"'挂科王'真是一秒钟都不让我们轻松啊！我真后悔选了这门课！"

……

看着台下哀号一片，不知道为什么心里有种奇妙的快感——夏千晴陡然觉得，也许那个严格的莫老师喜欢"虐"学生的原因就在这里吧。

等等，她怎么也有那种怪异的心理啊？

这可不太妙啊！

在那些无辜学生的哀怨和愤愤不敢言的目光中熬过了两节课，下课铃声一响，夏千晴便如临大赦般收拾好东西，准备走人。

刚刚她无聊的时候在讲台下翻看了莫老师的手机日程，发现今天除了两节课就没有别的安排，因此她决定等一下就去晴天文学社的活动室待着，免得再碰到什么突发状况，顺便找出蓝洛斐给她设置的这个幻境跟哪本名著有关。

就在她准备出教室的时候，一个怯怯的声音喊住了她。

"莫老师，您能稍等一下吗？"

夏千晴背对着对方，露出一个"真倒霉"的表情，随后缓慢地转过身，装出莫老师那副刻板严肃的样子，扶了扶眼镜。

"有什么事吗，学号1745的郑欣同学？"

问出口的瞬间，夏千晴愣住了，还在想自己怎么知道对方的名字。本来只是想说"同学"的，但是转过身看到这个黑发女生的瞬间，脑海里就蹦出了相关的学号和姓名，因此非常流畅地说出来了。

难不成这个"挂科王"竟然记得她教过的所有学生的学号和名字？

一个难以置信的想法闪过夏千晴的脑海，她下意识地望向教室里其他还没有走的同学，结果每次专注地看着一个人，那个人的名字和学号立马清晰地浮现在自己的脑海里：

学号1743李明博、学号1722钟卉、学号……

这哪里是人脑，简直是电脑好不好！

夏千晴瞬间生出一种要膜拜莫老师的感觉。

"那个……老师……"像小白兔一样纯良的黑发女生唤回了她飘远的思绪。

"哦，有什么事，你说。"夏千晴式的老好人语气，说完觉得不对，在女生惊讶的目光下立马变回了莫老师该有的语气，"我的时间很宝贵，不想在这里浪费。"

果然，这冷冰冰的语气立马打消了那个女生的疑虑。

"是，是这样的，莫老师……我上次交的论文，您给的评分……"黑发女生有着非常秀气的脸，配上怯怯的表情，就像柔弱的小白兔一样，她颤抖着手把自己的论文递过来。

夏千晴无奈地接过，一看，发现莫老师给的分数是"0"，旁边还写了一段批语，说女生的论文除了标题、开头和结尾，其他部分简直是"集大家之所长"，意思应该就是女生的论文是借用别人的观点东拼西凑的。简而言之就是抄袭吧。

所以，这个零分给得也没有不对啊！

夏千晴皱着眉头，疑惑地望向女生。

"老师……我知道是我的不对，我不该因为没时间完成作业就随便应付……求您给我一个机会吧，您说过这篇论文相当于期末总成绩的百分之三十，如果给我零分，那这门课我就挂定了……"

女生苦苦地哀求着，脸上露出了要哭的表情。

"如果怕挂科，当时就不应该交这种作业上来……"

这次，夏千晴并没有觉得莫老师做错，但是这个女生可怜兮兮的恳求声让她有点儿为难。

"对不起，老师，真的对不起！我知道错了，所以希望您再给我一个机会，我会重新交一篇论文，绝对不抄袭。老师，您给我一个机会吧！上次我真的不是故意的，我家里经济困难，所以平时要打工……"

女生说着说着，当着她的面哭了起来。

夏千晴这个人的弱点就是，不怕别人强势，就怕别人在她面前哭得惨兮兮的。

她下意识地想安抚那个女生，还好理智让她记起自己现在的身份，所以没有做出失常的行为来。

"老师，您相信我一次吧，我一定会改正错误的，给我一个机会吧……"

叫郑欣的女生眼里蓄满了泪水，眼睛一眨，大颗的泪珠就滚落下来。她双手合十，面带真诚的表情望着夏千晴。

唉，如果是莫老师，她绝对不会答应的吧。

明明知道自己不该替她那样做，但是这个女生让夏千晴想起了从前碰到过的樱花树下的董玲玲。有的人可能真的因为家计问题，没办法好好专心学习吧。

这个女生已经知道错误，愿意改正……只是一篇论文而已，给她一个重新开始的机会也没多大关系吧？

"周五之前再交一篇发到我的邮箱。"

夏千晴板着脸开口，然后她看到女生瞬间破涕为笑。

"真的吗？谢谢您，莫老师！"女生激动地说道，还深深地朝她鞠躬，"您真的很好，我会永远记得您的恩情的！"

夏千晴板着脸转身走开，心里忍不住有些小小的得意。

这个莫桑怡老师，应该还是第一次收到学生"好人"的称赞吧。所以嘛，太严肃、太严格也不好，对于学生，就应该如春风细雨，润物细无声嘛！

3.

夏千晴一直保持着快乐的心情到了晴天文学社的活动室。

将莫桑怡的事情放到一边，她开始寻找蓝洛斐设置的那个幻境相对应的文学作品。

自己现在这种状况，是附身到了别人的身上吗？

163

这是交换人生，还是灵魂附身？

文学作品里跟这两种情况有关的有哪些？

俄国作家果戈理那部讽刺喜剧《死魂灵》，虽然名字里有魂灵，但其实是一个现实讽刺意味非常浓厚的作品，跟灵魂附身没什么关系。魂灵指农奴，而死魂灵指死去的农奴。

中国古代的戏剧作家汤显祖的《牡丹亭》里有还魂情节，但人家杜丽娘是游魂去跟自己喜欢的书生柳梦梅相会，并没有附身其他人。

达夫妮·杜穆里埃的浪漫主义成名作《蝴蝶梦》？但是那里面的女主角一开始就已经死去了……

如果她的能力足够，她真的想一个个去试着开启幻境，去这些她存疑的名著幻境里找出蓝洛斐那个家伙，但是……

夏千晴明白，自己的精神力虽然经过了蓝洛斐的训练，但仍然不足以开启那么多幻境。直接点儿说，她现在的能力只能开启一个幻境，如果选错了，那么这次试炼就等于彻底失败了。

她都不知道如果进入了错误的名著幻境，蓝洛斐那个恶魔会不会把她弄出来，说不定因为对她的能力失望，干脆让她在幻境里自生自灭了。

所以，机会只有一次。

她只能很肯定，很有把握，才会开启那个幻境。

夏千晴在活动室的那一大排书架前翻翻找找了好久，她把有可能的几本著作都挑出来放到了桌上。

突然，莫老师的手机响了。

夏千晴拿起一看，发现是日程提醒——

现在是12:15，午餐时间。

"唉，这个老师过得简直像机器人一样精准，就连吃个饭还要定时定点地提醒，她的生活就没有一点儿随意的趣味吗？"

夏千晴忍不住嘟囔起来，虽然她不想就这样离开活动室，但是因为这个身体的生理本能——需要投喂的胃隐隐在抗议了，所以她还是起身，拿起一个袋子，装上了刚挑出来的几本书，出了门。

"老师好——"

"莫老师好！"

"莫老师，这是去吃午饭啊？"

……

中午用餐时分，人明显多了起来，而跟她打招呼的学生和老师也多了起来，夏千晴要集中注意力，才不会条件反射地摆出自己的招牌笑容跟人家打招呼，而是用惯常的莫桑怡式的表情予以对方回应——嘴角几乎没有弧度的淡笑加点头示意。

就这样，她维持着僵硬的面部表情，内心纠结无比地来到了学院餐厅——教师专用的餐厅，孤单地点餐，孤单地用饭，然后孤单地出门。

夏千晴发现，莫老师不仅在学生中没落到好人缘，在老师中她也是特立独行的存在，她所在的位置周边几乎不会有人。

夏千晴真的很想知道，这个莫老师是有怎样强大的内心，每天过着这种独立而孤独的生活。

没有朋友，没有家人，没有伴侣，没有宠物……

夏千晴只是伪装莫老师，过了半天她的生活，就觉得受不了。那么每天过着这种生活的莫老师，她到底是什么心情呢？

夏千晴不相信，世界上真的有那种强大到可以过着没有朋友和家人的生活的人。

人总是需要一个寄托的，只有这样才能安心地在这个世界上生活。

夏千晴觉得自己的人生寄托就是她喜欢的文学，还有她的家人，而莫老师呢，她的人生寄托是什么？

头一次，夏千晴有了想要了解这个老师的想法。

之前，她只是想着如何快点儿过完这一天，找到正确的作品幻境进入，结束这一切而已。

吃完饭，在餐厅附近的一个半开放的教师专用休息区休息了一会儿，夏千晴起身准备回莫老师的家。

因为手机日程提醒，莫老师今天需要在家收一份重要的快递。

就在她走出休息区，准备从林荫小路走到主干道的时候，她撞见了一对亲密的情侣。

因为对方过于亲密的行为，夏千晴下意识地想避开，但是那对情侣中的一人的声音吸引了她的注意力。

"……不管啦，这次你一定要帮我哦！不然那个女煞星铁定挂我科的！"

熟悉的声音，不久前自己就听过，而且"女煞星"这个名字，不用说就是指现在的自己了。

夏千晴没有避开，而是走到了一棵大树后面，遮挡住自己的身影。

那边陆续有谈话声传来。

"上次已经帮过你了……"

是一个男生的声音。

"你还好意思说！要你帮我写篇论文，结果直接从网上下载，一下子就被女煞星查出来打零分了！我不管，你得赔偿我……"

"欣欣，你不能每次都要我给你写作业啊！我自己的作业也很多的……"

"那我们分手吧！连作业都不帮忙写，还算什么男朋友……"熟悉的声音，却完全不是熟悉的语调。那个像小白兔一样的女生郑欣，此刻打扮时髦、还化着淡妆，气质也从柔弱变成了咄咄逼人。

"好吧，我帮你……"

男生很快落了下风。

"不可以随便应付我哦！如果你再害我被那个讨厌的女煞星打零分，那我也送你零分——"

郑欣完全一副高傲的模样，而抱着她的男生连忙示弱点头，表示无论什么要求都会做到，她才露出满意的笑容。

讨厌的女煞星……

树后，听到郑欣大相径庭的语气和谈话内容的夏千晴，忍不住攥紧了拳头。

她居然被一个爱演戏的女生骗了！

本来以为自己替莫桑怡老师做了件好事，结果事实相反，自己只是放任了一个自大又傲慢的女生再次犯错。

而且最可悲的是，她居然还被人家玩弄于股掌之中。

真是耻辱啊！

明明之前说着多么感谢莫老师，现在背地里这么恶意地说她讨厌……

夏千晴突然觉得自己的心好像被什么东西扎了一下，很痛。

咦，为什么会心痛？

她只是感觉有点儿气愤啊。

她疑惑了片刻，才反应过来，这种感觉不是自己的，而是属于这个身体的反应。

冷血、机器人、挂科王、女煞星……跟这些称呼挂钩的莫老师，在夏千晴的眼里，应该是一个强大到可以屏蔽和阻挡一切精神攻击，宛如游戏里的大怪物般的存在，但是没想到，因为那个爱装爱作的学生的话，这个老师会有心痛的感觉。

这还真是让她感到不解。

不过，现在这个暂时不重要，重要的是，她虽然不心痛，但是感觉很愤怒。

"周五前要给我哦，亲亲……"

"遵命，我的公主——"

"我觉得这份作业你不必交了。"

夏千晴酝酿了一下情绪，然后板着脸，从树后走出去。

郑欣的脸色瞬间煞白。

"莫，莫老师，您怎么在这里……"郑欣连忙推开男生，然后整理好弄乱的头发和衣服，收敛起傲慢的神色，紧张地问道。

"莫老师好。"那个男生也被突然出现的夏千晴吓到了，连忙鞠躬问好。

"刚刚都是误会，莫老师，我，我只是跟我朋友开玩笑的……那篇论文我一定会自己写的！"

郑欣再次摆出那副可怜兮兮的表情向她求情，但是夏千晴已经不会再上当了。

只有笨蛋才会在同一个人手里上两次当。

"没必要了。学号1745的郑欣同学，因为你两次叫人代写作业的行为，你的这门文学理论课成绩为零分，期末考试也不必参加了。"

夏千晴板着脸说完，不顾郑欣可怜兮兮的伪装，看向那个男生，说道："你是曾经上过我的课、学号1620、三年级的丁浩同学吧？虽然目前你没有上我的课，但是你帮别人抄论文作弊的行为，我会向你的班主任反映……"

男生的脸色同样变得惨白。

"不要啊，莫老师！"

"老师，我保证以后再不说您的坏话了，给我一次机会。"

"莫桑怡，你真挂我的科，我就向教务处投诉你！"

"小欣，别这样，跟老师道歉……"

……

不再管后面两个或求情或干脆撕破脸放狠话的人，夏千晴学着莫老师平时的样子，坚定地迈着步伐，朝校园主干道的方向走去。

前方，太阳当头，阳光炙热，投下一片光明。

4.

"哈哈哈，真是太快人心……"

回到莫老师的家里，想起刚刚那两个学生哭丧的表情，夏千晴开心得踢了鞋子，倒在沙发上大笑。

那种"复仇"的畅快感，就好像大热天吃了一桶冰激凌一样爽，让她忍不住想大声尖叫。

"虽然今天当了一次铁面无私的'恶人'，但那两个家伙是自找的啊！我这是代表莫老师行正义之举，禁不正之风！"

夏千晴笑了很久，觉得岔不过气来，才坐直了身子。

"唉，毕竟不是自己年轻的身体啊！笑着笑着居然喘不过气来了，难怪莫老师平时总不笑……"

笑过之后，夏千晴又对自己利用莫老师的身体做出这种轻率的举动而感到愧疚。

"对不起，莫老师，用您的身体做了不该做的举动。不过，如果您以后记得我代替您做过的事，不知道会是什么心情呢？"

夏千晴忍不住考虑起这个问题来。

自己的身体被蓝洛斐藏在了某部作品的文学幻境里，那么莫老师呢？

她的精神体是被蓝洛斐用不可思议的手段带走了，还是依然在这个身体里沉睡？

如果以后恢复过来，莫老师会不会记得自己用她的身体做的那些事？

重要的是，她会不会生自己的气，然后向自己的老师告状，给她处分啊？

想到这个，夏千晴就垂头丧气了。

她决定在离开前写封信跟莫老师道歉，并检讨一番。

夏千晴走进了莫老师家的书房。

她坐到了樱桃木的书桌前，然后拿起笔筒里的笔，还有——

桌上有个厚厚的笔记本，夏千晴下意识地拿起翻开，就好像这个身体的习惯性动作一样，坐到书桌前就是为了在这个本子上记录什么似的。

夏千晴翻开了那个本子。

扉页上写的是"2014－2015年，莫桑怡的工作日志"。

接着，夏千晴看到了莫老师工工整整、条理分明、一丝不苟的工作记录。

不是抒发每日心情感想什么的，而是跟莫老师说话的语气一样，干净、直接、清晰。

每日上了什么课，每日发生了什么重要事情，有什么特别工作，有什么学生得了高分，有什么学生功课出了问题……

每一件事情都记得很清晰。

特别是新学期带新班级的第一堂课，莫老师居然把所有学生的姓名和学号，以及外貌特征等在本子上记下了。

全部手工记一遍，不是在电脑上输入，哪怕人数超过两百，她也会全部在工作日志上记一遍。

所以，这就是莫桑怡老师对自己教过的每一个学生都认识，都记得名字的诀窍吗？

而在课程结束的时候，莫老师又会记一遍学生的名字和学号，后面加上对他们的成绩和表现的简单点评，比如——

学号1641邓凯，成绩优异，上课专心；

学号1642王思明，有天分，但喜欢开小差，成绩应该能进一步提高；

学号……

夏千晴一页一页地翻看着。

不知道为什么，这个记录日志和莫老师一样，是那种简单、直接、冷漠的，似乎不带任何感情的话，但夏千晴就是觉得心里翻涌出来了浓浓的感动。

就像冷冰冰的机器人一样的莫老师，一丝不苟、认真又详尽的工作日志……为什么让她觉得比那种两三千字、妙笔生花的煽情文章还感人呢？

之前，夏千晴还在猜莫老师的生活寄托是什么，看到这本工作日志后，她明白了。

这位作风严肃认真的女老师，全部注意力和乐趣都集中在她的工作上了。

她认真地对待每一个她教过的学生，认真地记录教学中的每一个问题和每一步进展……

在其他人看来，也许这种全身心专注于工作，而且还没有落到好名声的做法并不值得提倡，但是莫老师自己并不那样认为吧。

她应该是真的很喜欢自己的工作，所以那么认真而严格地要求自己，并且同样严格地对待她的学生。

正是因为她的认真和严谨，所以那些不认真、不严谨的人觉得她怪，觉得她有问题，觉得她是女煞星，觉得她在故意整他们……

明明她才是没有做错的人，但是因为怀着那种浅薄想法的人多了，所以莫老师这个认真工作、态度严谨的人被当成了不受欢迎的异类。

夏千晴不免想起自己在知道这位老师的名声后的想法——为什么这位老师跟别的老师那么不同、那么严格呢？

明明只要跟其他老师一样，学着跟同学打成一片，学着更有亲和力，就会受同学们欢迎，就会摆脱那些不好听的绰号，为什么不去做呢？

这样自己也能过得轻松一点儿、舒服一点儿，不是吗？

为什么要找罪受呢？

这就是她当时的想法。

夏千晴当时还觉得莫老师的行为和作风是有问题的——太严肃，太认真，太没趣味了。

夏千晴把自己的观念加到了莫老师的身上，但是看着这些工作日志——不止这一本，她一抬头就发现对面的玻璃书柜里码着一排排和面前这本日志一样的本子，大概有十几本吧……

那些都是莫老师的工作日志。

如果心里没有丝毫兴趣和喜欢，没有人会把这么复杂、单调的记录持续这么长的时间，几乎贯穿了她的整个教师生涯。

莫老师很喜欢自己的工作。

哪怕成为大家最不喜欢的、最排斥和害怕的任课老师，她也没有放弃过她的工作态度和坚持。

如果没有今天的经历，夏千晴恐怕还是无法理解莫老师的行为和风格。真正地成为了她，从她的角度去看，才发现自己从前仅凭表面的印象和他人的评论得出的结论有多么不可靠。

在明和学院很多人眼里，莫老师是一个奇怪、固执、脾气坏、喜欢鸡蛋里挑骨头的坏老师；而在莫老师自己看来，她只是遵守了一个老师应该有的职业素养和道德，并且还做得更好而已。

如果没有同学们认为的坏老师，缺乏自制力、尚不成熟的同学们反而容易变成不受约束的坏学生，所以——

真正奇怪、有问题的，应该是他们这些人的看法吧。

"换一个角度去看待问题，果然不一样呢。如果不经历莫老师经历过的，我就不会明白这些。在没有变成另外一个人之前，我对问题的看法是不清晰、不深入的，而转换之后，我反而想清楚了这么多……"

夏千晴一边喃喃自语，一边思考着。

她似乎快要想到蓝洛斐选中的那部作品是什么了。

"从他人的角度、从非我的角度去看世界，就好像穿破迷雾到达了新世界一样……这种感觉也只有那部作品才会创造出来吧！"

夏千晴的脸上露出了微笑，随后她走到客厅，从包里掏出了从晴天文学社带回来的几本书，目光落在了其中一本书上——

卡夫卡的《变形记》。

5.

弗兰兹·卡夫卡是一个在世界文学史上有些特别的作家。

生前勤奋创作，但是并不以发表、成名为目的，所以他的作品并不为世人所知；去世前，他也让自己的挚友将自己所有的作品焚毁，但是挚友出于对他的作品的尊敬和喜爱，并未照做，而是整理出版了卡夫卡的全部作品——《卡夫卡全集》九卷，其中八卷作品更是首次刊出，从而引起世界文坛轰动。

生前无人知，死后名满天下，卡夫卡的经历就和名画家梵高一样。只是梵高生前是对名声求而不得，而卡夫卡则觉得写作是一件孤独的事情，所以那些为了消解自己心中的孤独和苦闷的作品，没有问世的必要。

他是一个真正的隐士作家。

卡夫卡的作品多以荒诞主义的手法来体现个人对社会的陌生感、孤独感和困境感，其中最突出的代表作就是他的短篇小说——《变形记》。

夏千晴翻开了那本书，小说的开篇赫然是——

一天早晨，格里高尔·萨姆沙从不安的睡梦中醒来，发现自己躺在床上变成了一只巨大的甲虫。他仰卧着，那坚硬的像铁甲一般的背贴着床，他稍稍抬了抬头，便看见自己那穹顶似的棕色肚子分成了好多块弧形的硬片，被子几乎盖不住肚子尖，都快滑下来了。比起偌大的身躯来，他那许多只腿真是细得可怜，都在他眼前无可奈何地舞动着……

主人公发现自己变成了一只甲虫——人是不能变成虫的，所以一开篇的情节设置就给人荒诞新奇感。

就好像夏千晴一觉醒来发现自己变成了另一个人，自己恍然觉得是做梦一样。

不可能的事情偏偏发生了。

小说主人公格里高尔是一个小人物，是一个经济窘迫的家庭的顶梁柱。父亲生意失败，母亲是个病弱的家庭主妇，妹妹还在上学，家庭维生的所有压力全部在他的身上。

在发现自己变成甲虫，最初的惶恐后，格里高尔担心的是没有了他工作赚钱，家人怎么办。

人总有暂时不能胜任工作的时候，不过这时正需要想起他过去的成绩。而且还要想到以后他又恢复了工作能力的时候，他一定会干得更勤恳、更用心。我一心想忠诚地为老板做事，这您也很清楚。何况，我还要供养我的父母和妹妹。我现在景况十分困难，不过我会重新挣脱出来的。

而家人呢，在发现亲密的家人变成了怪物后，他们是惶恐不安的——母亲害怕尖叫，妹妹觉得他恶心，父亲觉得愤怒耻辱······

变成甲虫的格里高尔身体越来越差，但是家人默契地把他关在了房间里，甚至把他的房间里原有的家具清走，把他熟悉的地方当成了杂物垃圾房，一旦格里高尔出房间，就会用扫帚驱赶······

他从家人依赖信任的对象，成为了被憎恨的怪物和负担。

你们一定要抛开这个念头，认为这就是格里高尔。我们好久以来都这样相信，这就是我们一切不幸的根源。

这怎么会是格里高尔呢？如果这是格里高尔，他早就会明白人是不能跟这样的动物一起生活的，他就会自动地走开。这样，我虽然没有了哥哥，可是我们就能生活下去，并且会尊敬地纪念着他。可现在呢，这个东西把我们害得好苦，赶走我们的房客，显然想独占所有的房间，让我们都睡到沟壑里去……

"事情不能再这样拖下去了。你们也许不明白，可我明白。对这个怪物，我没法开口叫他哥哥，所以我的意思是：我们一定得把他弄走。我们照顾过他，对他也算是仁至义尽了，我想谁也不能责怪我们有半分不是了。"

"她说得对极了。"格里高尔的父亲自言自语道。母亲仍旧因为喘不过气来憋得难受，这时候又一手捂着嘴干咳起来，眼睛里露出疯狂的神色。

格里高尔最后只能乖乖地待在黑暗的房间里，最后孤单又凄凉地死去。他的家人们因为他的死而感到轻松和愉悦，而并不知道，这个可怜善良的老好人在临死前想的是——

他怀着温柔和爱意想着自己的一家人，他消灭自己的决心比妹妹还强烈……

善良忠厚的老好人格里高尔，因为变成了甲虫，失去了工作能力，且成为人人畏惧憎恶的怪物，而被最亲的亲人抛弃。

尽管变成了甲虫，但格里高尔依旧有着人类的情感，他依旧眷恋着自己的亲人，想尽办法不让自己引起他们的反感。但是对于亲人来说，他依旧是无法接受的存在，是异类，是必须抛弃和隔离的怪物……

明明他还是他，不过换了个模样，不过失去了帮家里赚钱的能力，格里高尔的存在就被家人否定了。

故事的很多细节描述里流露出一种深深的孤独以及困境感。

他往往躺在沙发上，通夜不眠，一连好几个小时在皮面子上蹭来蹭去。他有时也集中全身力量，将扶手椅推到窗前，然后爬上窗台，身体靠着椅子，把头贴到玻璃窗上，他显然是企图回忆过去临窗眺望时所感受到的那种自由。

因为事实上，随着日子一天天过去，稍稍远一些的东西他就看不清了；从前，他常常诅咒街对面的医院，因为它老是逼近在他眼前，可是如今他却看不见了，倘若他不知道自己住在虽然僻静，却完全是市区的夏洛蒂街，他真要以为自己的窗子外面是灰色的天空与灰色的土地常常浑然成为一体的荒漠世界了。

孤独、绝望和困境感——卡夫卡作品里经常体现的内涵，在这部作品里展现得尤为深刻。

格里高尔的困境其实代表现实中很多人会遇到的一种困境。

人的存在，对于他人来讲，到底有着什么样的意义呢？

如果超过了他们认可的范围，是不是就会遭到冷遇和排斥呢？

如果有一天你变成了另外一个外表截然不同的存在，尽管你的内心还是一样的，你的记忆依旧在，但是熟悉你的那些人，还会承认你的存在吗？

你是接受外界给予的印象、意见、看法等存在的社会人，而你自己本身、你真实的内在人格始终是孤独的，甚至有很多时候是绝望的。

这就是这个荒诞的故事所展现出来的讽刺意义。

就好像莫桑怡老师，女煞星、挂科王的恶老师——这是她在众人眼里的形象。

但是没有人知道这个老师严谨又认真、细心的工作态度，她对自己职业的热爱、她的本真……

大家以为她是冷血、没有情感的机器人，但是夏千晴想到之前这个身体传达给她的那种心痛感。

是那种遭遇欺骗和误解后的心痛感。

如果真的冷漠、没情感，怎么会有那种心痛感？

是因为莫老师也感觉到了格里高尔感受过的孤独和困境感吧？

生活在人群里，但仍像处于与世隔绝的荒漠。

确定了蓝洛斐选取的是《变形记》的文学幻境，夏千晴开始行动了。

这部作品虽然是短篇，但是篇幅比欧·亨利的《最后一片叶子》要长很多，应该恰好达到了开启一个完整的幻境的门槛，而且刚好也是夏千晴的能力所及的。

看来蓝洛斐也不是胡乱挑选作品来为难她的。

"《变形记》文学幻境，开启吧——"

夏千晴将手按在了那本书的封面上，然后缓缓闭上了眼睛，集中精神力构建幻境场景——

格里高尔，房间，甲壳虫，母亲，父亲，妹妹，秘书主任……

一个个形象、一个个场景被她用精神力构建起来。

从外人的角度看来，就会发现此刻夏千晴周围的空气仿佛都被一种白色的光芒染透了。

光芒以夏千晴为中心慢慢扩散，而《变形记》的幻影也缓缓在空中形成，它上面的光芒比周围的白光更加强烈耀眼。

"可以了。"

夏千晴睁开眼睛，在看到那本水晶幻影书形成后，她忍不住松了一口气，微微一笑。

她轻轻抬手，那本书飞到她面前，她伸出手，指尖轻点。

瞬间，水晶幻影的明亮光芒大盛，夏千晴感觉自己的意识被那本书吸了进去。

咔嚓——

时钟的钟摆停止了摆动。

一个软绵绵的身躯倒在了沙发上，就仿佛睡着了一样，发出了均匀的呼吸声。

水晶幻影书迅速收起所有光芒，随后消失在空中。

6.

夏千晴感觉自己变成了一道光——一道从狭窄的窗口射到格里高尔那间狭小房间的光。

幽暗的房间里，格里高尔变成的甲虫努力伸展着身躯，小小的头，扁平的身躯，贴在窗玻璃上，望着窗外。

而这栋房子的另外一个客厅里，格里高尔的家人正在用餐，大家默契地忽略了有关格里高尔的话题，完全没有缺了一个人的感觉。

在格里高尔变成甲虫后，他的家人有没有试图表示过关心，想过去找人治愈他呢？

并没有，只是把他作为家庭的不幸和耻辱锁起来了。

因为成为了光线，夏千晴的目光和感知可以捕捉到这个房间里的每一个角度，听到里面的每一个声音——

格里高尔害怕吓到家人，努力隐藏自己；格里高尔的母亲一见到他就晕厥，妹妹的厌恶，父亲的愤怒和粗鲁的驱赶……

还有最后，格里高尔孤单地死去，他的家人在得知他的死讯后大大松了一口气，一起乘坐电车去郊外散心的情景。

"你终于来了，千晴殿下……"

中短篇的幻境场景结束得很快，在最后，夏千晴听到了熟悉的声音。

光芒缓缓地回转。

有人逆着光走来。

修长的身体，黝黑的头发和眼眸，冰冷的微笑，还有他双臂横抱着的一个宛如沉睡中的女生——

蓝洛斐，还有自己的身体！

宛如童话里王子抱着公主的唯美画面，但是在看到他的眼神时，夏千晴恍然醒悟，哪里是王子，分明是冷酷的恶魔。

"蓝洛斐——"

夏千晴想发脾气指责这个偷走她身体的家伙，但是因为此刻她的形态并无发声功能，所以根本做不到。

她只能缓缓地控制自己朝那个女生的身体飞去，没入那个身体里。

与此同时，幻境场景缓慢地消失，他们如同站在时间流逝和空间转换的中心点，周围那些奇异的三维曲线扭曲着、旋转着。

直到蓝洛斐再次找到出口，抱着还未完全苏醒的夏千晴跳了进去。

微风带来树叶摩擦的沙沙声，好似催眠曲，让夏千晴根本不想醒来。

黄昏时分柔和的光线打在她白皙的脸上，染上晕黄的色泽。

夏千晴还是慢慢地醒过来了。

她睁开眼睛，首先抬起自己的双手，对着光线观察——白皙，修长，细嫩的皮肤，这是熟悉的手！

然后摸摸自己的脸颊，手心的温度带给她真切感。

她回来了！

不但回到了现实世界，还回到了自己的身体里！

夏千晴一高兴，立马坐起来。

一张雪白的羊毛毯从她的身上滑落。

她才发现自己躺在晴天文学社的沙发上，而蓝洛斐——

那个人从窗前缓缓地转过身来，因为逆着光，一时间，夏千晴看不清楚他的表情。

"千晴殿下，恭喜你成功通过了第一次特殊试炼。"

他缓步朝夏千晴走来，俊美精致的五官也慢慢地展现。

"我是不是应该感谢你没有让我成为一只爬虫或者老鼠啊？"

看到蓝洛斐嘴角那若有似无的笑容，本来压在心底的怨气忍不住发泄出来了。

这个恶魔一定是偷偷躲在哪里看她的笑话。

"如果千晴殿下有那个想法也不错哦！我一定会满足你的要求。你是要体验挪威鼠的一天，还是二尾舟蛾的幼年期呢？不过这些会比较枯燥……"

蓝洛斐收敛起那丝笑意，一本正经地对夏千晴说道。

夏千晴的额头上冒出一滴冷汗，连忙抬手做了个"停止"的动作。

"跳过这个话题，蓝洛斐，我们还是来谈谈这次的试炼积分吧。之前你说过，只要我通过，就会给我30积分吧？"

"没错，这次特殊试炼只要你通过，就获得30积分。截止到目前，千晴殿下，你已经拥有了105积分，完成了初步目标的十分之一。"

原本还因为拿到了最高积分而开心的夏千晴，听到才十分之一的进度，忍不住失落了。

积分还是太少了……我得多接委托、多做任务才行啊！

夏千晴颓然地想着，但是提到任务，她忍不住想起了莫桑怡老师。

"对了，蓝洛斐，既然我回来了，莫老师那边怎么处理？我用她的身份捅了一些娄子，还把晴天文学社的一些书落在她家里了。"

"她不会记得是你做的事情，因为我在她的记忆里动了点儿小手脚。至于你落下的那几本书……"

蓝洛斐指了指茶几，被夏千晴带走的那几本著作赫然躺在茶几上，让夏千晴惊讶得瞪大了眼睛。

"你给我拿回来了？太好了……"

夏千晴松了一口气，这样她就不用担心莫老师想起她干的好事，来找她麻烦了。

幸好有这个恶魔善后啊！

与此同时，在另外的场所——莫桑怡的家里。

躺在沙发上的莫桑怡被手机的定时闹钟惊醒过来。

她的头昏昏沉沉的，自己好像做了一场梦一样，梦中的自己好像做了一些怪异的事情。

醒来的时候，她发现自己的发髻松散不成形了，于是她干脆放散了头发，重新梳理整齐。

"叮咚——"

突然，门铃声响起。

莫桑怡抬头看了看墙上的挂钟，下午4点半，是约好的快递上门的时间。

她去开了门，签收了那份快递——

一个不大的小纸箱，可以轻松地单手托起。

莫桑怡拿着这个纸箱来到了书房，拿裁纸刀划开胶带，打开。

里面是别人寄来的信和照片，还有一些伴手礼。

照片上，一个年轻的女生在M国普林斯顿大学校门口跟两位异国学生合照，笑得十分灿烂。

看到那张照片时，莫桑怡的嘴角微微上扬了一下，但是那个微笑比闪电消失得还快，又恢复了绷紧的弧度。

她放下照片，又拿起了那封信。

莫老师：

谢谢您的推荐，我在新学校过得十分愉快。老师，您最近过得好吗？我给您寄了这边……

一边看信，莫桑怡一边回忆着跟这个学生有关的事情。

这是莫桑怡早年教过的一个学生，曾经很顽皮，但是天分佳，莫桑怡不忍心女孩的天分就此荒废，于是对她特别严格。

一开始这个女生喜欢跟她对着干，但是在莫桑怡的高压政策下，不得不

当他凝视着眼前的一片黑暗时，他感到一种莫大的自豪，他的父母和妹妹在如此漂亮的住宅里过着这样的生活，这都是他为他们创造的。难道现在所有这些宁静、幸福和安乐就要令人吃惊地结束了吗？

屈服。

她原本以为莫桑怡会因为她的挑衅而给她穿小鞋，但是没想到她交的一份作业被高度认可，并且被莫桑怡推荐给了核心期刊发表。

直爽性格的女生忍不住跑去问莫桑怡——

"您不是讨厌我吗？为什么还推荐我的论文发表？"

"这是一个老师对一个有天分的学生的认可，跟讨不讨厌没关系。"

莫桑怡当时板着脸回答对方。

结果那个女生竟然因为那句话"哇"的一声哭出来了。

因为自己跳脱的个性，她并不是老师喜欢的那一类乖巧又成绩好的学生，所以莫桑怡的那句话对她来说很突然，也很重要——她第一次从老师那里得到正面的认可。

她才知道，原来在老师心里，自己是一个有天分的学生。

连最严格的老师都这么认可她，那她怎能去浪费自己的天分呢？

从此，女生收敛了从前的任性，发奋向上，最后以优秀的成绩毕业，还考上了国外名流大学的研究生。

南美洲蝴蝶的一振翅，能引发太平洋上的一场暴风雨，这就是蝴蝶效应。

而老师的一句话、一个行为，对于学生来说，也能起到这样的蝴蝶效应。

莫桑怡很快看完了那封信，信的末尾署名是"永远尊敬您的学生——李荷拉"。

看到那行署名的时候，莫桑怡发现自己的镜片似乎被雾气模糊了。她摘下眼镜，从抽屉里拿出眼镜布擦了擦，重新戴上。

的确有很多人怕她、讨厌她、给她取难听的绰号，但是也有人这样打心里尊敬爱戴她。

这就是她喜爱自己这份工作的原因。

不需要她教过的人给予百分百的喜爱，只要那里面有百分之一的人能有真正的成长和成就，有千分之一的人懂她的苦心，于她足以慰藉。

如果世界是天空，那文学就是驱散阴霾的太阳，带来晴天。

名家TIPS：
卡夫卡（摘自百度百科）

弗兰兹·卡夫卡（1883年7月3日—1924年6月3日），奥地利小说家，20世纪德语小说家。文笔明净而想像奇诡，常采用寓言体，背后的寓意人言人殊，暂无（或永无）定论。

生前默默无闻，死后却赢得世人惊服，与马塞尔·普鲁斯特、詹姆斯·乔伊斯等并称为西方现代主义的先驱和大师。1909年开始发表作品，1915年因短篇小说《司炉工》获冯塔纳德国文学奖金。为纪念这位独一无二的大师，1983年发现的小行星3412以"卡夫卡"来命名。

美国诗人奥登评价卡夫卡时说："卡夫卡对我们至关重要，因为他的困境就是现代人的困境。"

第六篇 / 屠格涅夫的鼓励

有多少次我像雄鹰般展翅飞翔，搏击长空，到头来却像一只碎了壳的蜗牛爬回原地……我什么地方没有去过！什么样的路没有走过……往往是泥泞不堪的路……

——屠格涅夫《罗亭》

1.

"为什么会这样？天啊——"

晴天文学社活动室内，夏千晴无比震惊地看着自己的电脑屏幕。

"发生了什么事？"

察觉她这边出现问题的蓝洛斐，端着刚泡好的乌龙茶走了过来，才发现夏千晴的电脑屏幕此刻完全被超级大的"HELP（救命）"密密麻麻地占满了。庆幸的是，这个"HELP"不是红色的，而是明亮的黄色——表示预警、表明非常焦急的颜色。

"是中病毒了吧？"

"我不知道，我一开机，电脑屏幕就跳出了这么一个画面，吓了我一跳。"夏千晴一边回答，一边试着动了一下鼠标，在桌面上随意点击，结果她这么一动，屏幕上又有了新变化。

那一整版的"HELP"迅速缩小、合并，最后停留在屏幕中央，变出几排黄色的字。

我需要一篇让我不紧张的演讲稿，晴天文学社的同学，恳请你们帮帮我。

明和学院计算机系二年级 杜绍远

"看来这次我们的委托人是一位非常厉害的计算机高手呢！"明白事情缘由后，蓝洛斐用一种非常感兴趣的语气说道。

"什么计算机高手，他这是非法入侵别人的电脑，我才不帮这种爱捣蛋的人呢！"

虚惊一场的夏千晴很不爽有人用这种"吓人"的方式来向晴天文学社发出委托。

"千晴殿下，你目前的积分只有105，而这学期都快结束了，你真的要拒绝这个委托吗？"

蓝洛斐知道夏千晴的软肋在哪里。

"好吧，我接。不就是一篇不紧张的演讲稿吗？难不倒我的！"

谁叫她是必须用文学力量达成征服世界目标的魔王继承人呢？

明和学院计算机系的杜绍远是一个怪人。

第一怪，是他的外貌和打扮。

留着半长不短的头发，戴着大大的黑框眼镜，那张脸终年被遮挡在大黑框眼镜和长长的刘海儿下——当然，跟这个人习惯低头走路的行为也有关系。另外，他穿的衣服总是那种奇怪的咸菜绿，衬得本来身材就不健硕高大的他更加没精神。

第二怪，是他那仿佛隐形人一般的性格和行为。

几乎从不大声说话，也不参加集体活动，上课点到的时候一般都是用举手代替回答，很少跟外人来往，特别是女生。他们班上的女生跟他讲话，他结结巴巴回应一两句，就会立马找借口溜掉。

第三怪，是与他的外貌、个性完全不相符的计算机天赋。

中学的时候他就拿过全国计算机软件设计大赛的冠军，而在明和学院进行了系统和专业的学习后，更加出色。他编写的一个程序甚至被美国硅谷的科技公司看中，高价收购。在国际青少年计算机软件编程大赛上，他也从几万名优秀竞争者中脱颖而出，获得过特等奖。

这天中午，杜绍远抱着大沓资料书从他们系的实验机房走出来，刚好迎面碰到几个同班的女生。

远远地，那几个女生一看到他就交头接耳，捂着嘴巴偷笑。

杜绍远立马低下头，不去看那些女生，抱着书匆匆与她们擦肩而过。

但是不去看不代表听不到她们的议论声。

也许是杜绍远的回避显示了他的软弱，令她们没有顾忌，她们在背后指指点点的声音清晰地传入了杜绍远的耳中。

"我们系的天才，瞧，每天就是那副邋遢的样子……"

"他得过很多奖的，我们系的导师挺看重他呢！"

"再有才能又怎样，我敢打赌，像他这样的人毕业出去找工作，没有一家单位会收……"

"嗯，长得好猥琐，看到我们就低头，一副做了亏心事的样子……"

……

听到那些话，杜绍远只觉得难堪和羞愤。他知道其实他应该转过身，喊住那些人，义正词严地指责她们不该那样诋毁嘲讽他，或者应该愤怒地爆发，但是他也明白自己做不到。

就算他此刻转过身，鼓起勇气喊住那些女生，他也没法直视她们说出反驳的话来。

因为他是一个社交焦虑失协症（简称SAD）患者。

网络上专家介绍，这种病又名社交恐惧症，患者对于任何社交或者公共场合都会产生异乎寻常、持久的恐惧和过度紧张的情绪，有时候会下意识地做出回避行为，难以自制。

在现代众多的心理障碍疾病中，SAD患者人数是仅次于抑郁症、酗酒狂的，而且人数还在不断增加。

杜绍远很不幸，就是其中一员。

他从小就害怕跟不熟悉的人打交道，害怕在人多的地方成为关注中心，害怕在公共场合讲话或表演，参加任何集体活动或聚会的时候，都会感到焦虑不安。

他还记得上小学时，他获得了奥林匹克数学竞赛的第一名，校长让他在全校五百多人面前发言的情形。当时，穿着小礼服的他笔直地站在台上，大脑一片空白，脸涨得通红，嘴巴张开又合拢，就像被扔在岸上的鱼一样艰难地呼吸着，一个字都说不出来。

校长在一旁紧张得直抹汗，台下的众人一开始从欣赏、崇拜的目光转为奇怪、嘲笑的神情。

"他连话都说不出来呢。"

"真好笑，你看他的脸……"

"他不会是有病吧？"

"快说话啊！张嘴说啊——"

还有关心他的老师在旁边不停地催促。

可他仍然一个字都说不出来，并且因为神经过度紧绷，甚至忘记了呼吸，导致大脑缺氧，在台上晕了过去。

台上台下一片混乱，活动也惨淡收场。

往事不堪回首，但是偏偏周一上午发生的事情让他又想起了那段不堪的经历。

191

一直非常欣赏他、推荐他参加各种比赛的导师把他叫到了办公室。

"绍远，这回你拿的奖含金量很高，学院领导和教育局方面的人都很重视，所以准备为你开一次优秀事迹报告会，很多重要领导、老师都会出席。绍远，你这次一定要克服你的毛病，好好表现……"向来对他很好的老师拍着他的肩膀说道。

"老，老师，报告会，我，我要做什么？"

一听到报告会，杜绍远不仅呼吸变得急促，连手心都开始冒出冷汗了。

"当然要作一个演讲报告啊！绍远，这次你可不能再找借口推脱或者干脆编个程序代替讲话了……"

"老师，我，我不行的……我一上台就……"

就紧张得说不出话啊！

杜绍远一着急，说话就不自觉地变得断断续续的。

"就当为了老师，努力尝试一次好不好？绍远，你有天分、有才能，但是你还需要别的东西……"

回忆结束。

杜绍远最后还是点头答应了老师，说自己会在这次报告会上发言，老师才满意地让他离开。

等他一离开老师的办公室，就立马为自己做的决定懊悔了。

如果当时拒绝，顶多就是让老师失望一下，但如果到了报告会那天，站在台上完全变成木头人，紧张得一句话都说不出，一定会丢脸，那时候老师会更失望啊！

自己该怎么办呢？

杜绍远有些头疼了。

出了计算机系的教学楼，杜绍远回到了自己在学院附近租住的房子。

因为得了SAD，他没办法住集体宿舍，所以一直都是独自在学院附近租房居住。

简单整洁的一室一厅，没有豪华的摆设，也不是特别宽敞，房间里最昂贵的配置应该就是他买了很多特殊组件自己组装的电脑。但是一回到这个小房间，杜绍远就像回到了水里的鱼一样，全身心都放松下来。

这个私人的小小的房间就是他感觉最舒适自在的王国，比在自己家里还感觉好一些。

杜绍远把书放好，然后打开了电脑。

跟在众人面前表现的那般拘谨焦虑不同，一碰到电脑，就好像剑客遇到了心爱的宝剑，画师找到了最合手的画笔，他的双手灵巧地在键盘上跳跃，而一个个程序代码在黑色的界面上闪现……

神奇的是，在输入一大段代码字符后，电脑界面一变，那些字符就像贪食蛇一样形成一条长长的字符链在屏幕上游走，不时组成不同的星座图案——

猎人座、仙后座、大熊座……

只有在跟电脑、程序代码有关的世界里，杜绍远才会成为一个无比自信、无所不能的魔法师。在外人看来如天书一样复杂的程序代码，经过他灵巧的编制后，会变成这种自由组合的星座图案，让他放松心情。

突然，电脑发出"嘀嘀"两声，随后代码字符形成的贪食蛇陡然停止游走，黑色的界面消失，他的电脑桌面发出提示——

他收到了一封回信。

回信？

他最近没有给人发邮件啊，会是谁呢？

杜绍远好奇地点开，结果看到发件人的名字是：晴天文学社。

回信内容是——

你好，杜绍远同学，晴天文学社已接受你的请求，请你找个时间和我碰面，说明一下具体情况吧。

——晴天文学社夏千晴

他这才想起来。

那天从老师的办公室回来后，懊悔又头痛不已的他努力想着各种办法，他甚至匿名去论坛发求助信，结果有位网名为"常胜将军"的人回帖说可以找一个叫晴天文学社的社团帮忙，这个社团接受一切跟文学和文字有关的委托。

于是他利用自己强大的电脑技术，去查了有关晴天文学社的资料——

明和学院新成立的社团，社长是一个来历神秘的转学生，名叫蓝洛斐。

杜绍远试图搜索关于这个社长的信息，但很奇怪的是，除了学院官方出具的资料，他搜不到其他任何资料。反而另外一个女社员夏千晴的资料清清楚楚：她的住址，她的班级，她的博客资料，她以前就读的学校，她参加的比赛，她的获奖作品。

在杜绍远改进的搜索程序的作用下，有关夏千晴的详细资料全部出来了，但是关于那个社长的信息根本查不到。

电脑屏幕幽幽的蓝光照在他的镜片上。

看来这个晴天文学社真的很厉害呢！来历神秘的社长，曾成功处理过几次委托的社员夏千晴……

也许这个社团真的能帮他解决烦恼。

于是，杜绍远考虑了很久后，给晴天文学社的邮箱发送了一封较为特殊的求助信。

发完之后，因为一些别的事情，他把求助信的事情抛到脑后了，而晴天文学社的人应该也是最近才看到那封信，所以回复他了。

"怎么办呢？到底去不去？他们已经接了我的委托……"

杜绍远纠结地看着电脑屏幕上的那封回信，除了害怕跟人接触，他还有一个担忧——

"他们真的能帮我写出不让我紧张的演讲稿吗？"

犹豫挣扎了片刻，杜绍远闭上眼睛，似乎做出了决定。他动了动手指，停留片刻后，轻轻落下，敲击了几下键盘，回复了那封邮件。

2.

明和学院校内有家不错的文艺风格的咖啡馆，名叫"湖畔卡夫卡"，是夏千晴闲时喜欢待的地方。

点上一杯咖啡或者一杯红茶，就可以坐在复古的藤椅上，对着窗外清新美丽的湖景波光，读一段喜欢的故事，打发一段惬意幸福的时光。

每次买了新书，夏千晴都会带上书去那里阅读。某些时候，她也是个讲究一些小情调的女生：读好书当然要有好的环境、好的景色和好的咖啡相伴嘛！

"没想到这次的委托人居然跟我有同样的喜好，把会面地点约在了我最喜欢的咖啡馆！"

周三的下午，夏千晴再次来到了"湖畔卡夫卡"咖啡馆，坐到了自己最喜欢的楼上转角卡座——拥有两扇半窗可以眺望湖景和山林，等着新任务的委托人到来。

呃，话说现在已经快两点半了，那个和自己有着相同品味的杜绍远同学怎么还没出现？

夏千晴几次拿起手机看了看，还起身望向二楼的入口，但是没有看到人影。

她之前问对方要照片，确认联系时能认出，结果对方回信说——他很容易分辨出来的。

这种话听来就好像那种过度自恋的人说的，就好像他是太阳，在人群中绽放万丈光芒，让人一眼就能看到一样。

夏千晴当时这么腹诽着。

"咚咚……"

有动静了，有人踩着木制楼梯上来了。

夏千晴的注意力立马集中到入口那里，就让她看看那个电脑高手、自恋狂、跟她有相同品味的人到底长什么样。

第一个上来的是一个长卷发的女生，PASS（通过）；第二个是一对穿着情侣服的情侣，PASS；第三个是……

哇，是一个爽朗型的大帅哥，他朝夏千晴的方向招了招手。夏千晴眼中闪过一丝惊艳，起身朝人家点头示意，结果大帅哥朝前面走了几步，坐在离她不远的位子上的一个短发女生就兴高采烈地迎了上去。

啊，弄错了，真丢脸。

夏千晴的脸一红，连忙低下头，双手遮住了脸——幸亏没被对方发觉，不然自己太丢脸了。

就在她因为羞耻感而低头检讨自己太莽撞的时候，一个怯怯的男声响起了。

"请问你是夏千晴同学吗？"

非常小的声音，就和蚊子叫差不多，而且还有一丝颤抖。

夏千晴抬起头，看到了这次任务的委托人——

皱巴巴的牛仔裤，咸菜绿的衬衫，头发很像上个世纪的文艺青年流行的发型，一副遮住半张脸的大黑框眼镜，还有他微微颤抖的手，过分紧张的表情……

果然是很容易在人群中分辨出来的人呢。

夏千晴心里闪过一丝诧异，但是很快接受了这个落差——毕竟人家说的也是实话，是她自己误解了。

于是，她端正了神色，起身跟他打招呼："你是杜绍远学长吧？你好，请来这边坐……"

她露出了亲切的微笑，试图让这个过度紧张不安的男生放松。

杜绍远安静地入座，如果不是看到他只坐了位子的一点点边缘，还有他放在桌子上不断动来动去的手指，夏千晴还不知道他居然这么拘谨、这么羞涩。

而且他一抬头，看到夏千晴若有所思的目光，立马低下头，整个人更加不安。夏千晴甚至怀疑下一秒他就会逃跑。

怎么回事？难道自己的表情很可怕吗？

夏千晴疑惑地想着对方到底是因为什么才这么紧张不安。

"我给你点杯咖啡吧，杜学长，这里的摩卡很不错……真没想到你和我一样都喜欢这家咖啡馆呢。"

夏千晴想帮他缓解一下紧张的情绪，招呼服务生要了一杯咖啡，然后找了个话题率先开口。

"不是……我，我查了你的资料，知道你喜欢这家……对不起！"话刚出口，杜绍远就发现自己犯错了，女生应该讨厌别人不打招呼就去查她的资料吧，对面这个笑起来很亲切的女生不会认为他是变态偷窥狂吧？

他更加紧张不安了，担心一抬头就会看到对方防备的眼神。

夏千晴先是一愣，但还是放宽心地笑了起来："这样看来，杜学长果然是电脑高手呢！连我的喜好都能查清楚……"

夏千晴本来以为杜绍远是那种仗着技术好就目中无人的人，但是现在看来，他应该是不懂如何跟人打交道吧。而且，他真的太紧张、太局促了，坐在开着空调的咖啡店里，他的脸上也冒出了细密的汗珠。

夏千晴的笑声让杜绍远愣住了，他微微抬头，看到她笑眯眯的模样，丝毫没有生气的样子，也没有其他女生那样仿佛看病菌一样的怪异眼神。他紧张的心情不知不觉放松了一些，桌子下的腿也停止了颤抖。

"那，那是我唯一擅长的……事情了……"

他小声回应着，小心地观察对面女生的表情，却发现她的眼睛再次眯起来了，有点儿像猫呢。

"杜学长，我看了你发出的请求，不知道你说的演讲到底是什么情况呢？"

见对方紧张的情绪缓和下来，夏千晴也赶紧趁热打铁地问起来。而这个时候服务生送的咖啡也到了。

"谢谢……"杜绍远很礼貌地起身跟服务生道谢。

夏千晴发现这位杜学长虽然有点儿内向，但还是很有礼貌的。

杜绍远发现对面的女生似乎又一次望着他出神了，脸又开始发烫。

他紧张地端起咖啡喝起来，但没察觉到咖啡很烫，一下子烫了舌头，咖啡杯"砰"的一声放到了桌上。他吐着舌头，而杯子里溅出来的暗黄色咖啡也洒在了红褐色的桌面上。

好丢脸……自己又因为过度紧张而出丑了。

杜绍远此刻的脸色红得像血一样。

不料对面的女生没有嘲笑或是恼火，反而镇定地喊来服务生帮忙收拾，还叫来了一杯凉白开。

他愣愣地盯着女生纤细白皙的手腕——对方正端着水杯递到他面前。

"杜学长，喝杯水吧，烫着了不好！"

他抬起头，脸上还带着羞愧的燥热，但是看到那个女生平静中带着一丝关心的神情，他的紧张不安才慢慢地消退。

"谢谢……"

他低声说着。

"不要太在意啦！杜学长，我来就是想要帮你解决你的烦恼和问题的，所以在我面前，你不用这么紧张，就把我当成你的朋友，把你的烦恼都告诉我吧！"

夏千晴瞪大眼睛望着他，窗外的阳光在她柔顺的发丝上反射出一层光泽，再加上她秀气可爱的面容，在杜绍远看来，她就像善良美丽的天使，身上似乎散发着光。

"是这样的，我在今年……"

他把手放到了膝盖上，坐直了身体，虽然还是不敢直视对方的眼睛，但是他微微抬头，让自己的目光落在窗外的湖面上。

一只叫不出名字的白色鸟儿正从水面掠过。

杜绍远开始讲述自己的问题，夏千晴认真地听着，还拿出一个小本子，不时在本子上记录着什么，遇到疑惑就会举手示意，问清楚再继续。

良久。

夏千晴停下了记录，合起了本子。

而杜绍远也收回了目光，偷偷地打量了她一眼。

"原来你有社交恐惧症，但是近期需要在一个重要的公共场合发言，你不想搞砸演讲，让你的导师失望，也不想再一次失败……"

她一边自言自语地总结着，一边不自觉地皱起了眉头。

杜绍远的心情忍不住暗淡下来。

果然，他的请求很为难人家。不紧张的演讲稿……哪里会有这种稿子呢？整件事最大的问题其实是他的心理疾病，是他自己本身……

所以人家做不到也是情有可原的……

"好！杜学长，你等我两天，我把稿子写出来再来找你！"

突然，夏千晴兴奋的声音传入了他的耳中。

杜绍远有些浑浑噩噩的，他抬起头，对面女生灿烂的笑容就好像一道光照入了他被黑暗和阴影笼罩的心房。

她居然这么快就答应了，语气还那么坚定有信心。

杜绍远惊讶地望着对方。

"我现在就回去准备，杜学长，今天的咖啡我请你哦……"

夏千晴起身唤来服务生结账，在杜绍远还没回过神的时候，就摆了摆手，像林中小鹿一样活泼而轻盈地跑出去了。

杜绍远目送夏千晴离开，转过头，看着桌上的那杯咖啡。

热气已经不再弥漫，但是咖啡醇厚的香味还在空中飘荡。

他端起杯子，小心地喝了一口。

苦涩的味道从舌尖蔓延开来，但是为什么心里那么愉悦呢？

不仅是因为刚刚被平等、亲切友好地对待，也是因为那个女生的态度，让他看到了走出阴影的希望。

晴天文学社的夏同学，拜托你了。

3.

"有社交恐惧症的计算机天才？这次的任务对象很有趣嘛！"

回到晴天文学社活动室，向根本不干实事、只会下达命令的恶魔社长报告完今天的情况后，夏千晴得到了这么一句回复。

"不只是有趣，还很有难度。"夏千晴皱着眉头，不悦地看向拿着平板电脑玩游戏的蓝洛斐，忍不住抗议道，"蓝洛斐，不管怎么说，你也是社长啊，不能每次任务都是我一个人出力吧！"

"千晴殿下，本来晴天文学社就是为了锻炼你的能力而存在的，你不会以为我们是来组团玩助人游戏的吧？"

恶魔的回答总是那么不近人情，瞥到夏千晴备受打击的表情后，恶魔的嘴角勾起一丝不易察觉的笑容，他漫不经意地开口："当然，如果千晴殿下需要，你忠诚的契约人兰斯洛斐还是愿意效劳的！"

说着，他关闭了平板电脑上的游戏界面，然后点击了几下屏幕，输入了什么内容后，将平板电脑屏幕朝夏千晴的方向转过来。

夏千晴不由得充满期待地看过去。

结果，蓝洛斐只是搜索了几种社交恐惧症的心理治疗方法：

"第一种：兜头一问法——社交恐惧症患者平常表现为心里紧张或者焦虑，因此，当心里过于紧张或焦虑时，不妨兜头一问：再坏又能坏到哪里

201

去？最终我又能失去些什么……"

夏千晴的额头上滑落无数道黑线，这种帮助也太廉价、太省力了！

"怎么样？千晴殿下，我的帮助你还满意吗？"

蓝洛斐带着戏谑的笑容望着她，夏千晴瞬间有种自己沦为了玩具的感觉。

"真是太谢谢你了，蓝洛斐！"

夏千晴咬牙切齿地说完，抢过他手里的平板电脑，气冲冲地走到了自己的位子———

离蓝洛斐最远的一端，没有明亮的观景窗，也没有豪华的真皮沙发椅，就是在书架旁边的角落里摆了一张书桌和一张靠背椅。

明明是同一个房间，两人的办公条件却宛如富人别墅区和贫民棚户区般天差地别。

游戏工具被抢走，蓝洛斐也浑然不在意，他一招手，一部崭新的平板电脑又凭空出现在他的手里。

"抓紧时间哦，千晴殿下，你的积分现在看来还是太低了……"

他继续低头玩游戏，但也不忘记叮嘱夏千晴加快任务进度。

蓝洛斐的催促声差点儿让夏千晴一个趔趄摔倒在地。

积分！

积分！

现在为了赢得积分，不管多么难的任务，她都会拼尽全力去完成的。

不就是一篇让社交恐惧症患者不紧张的演讲稿吗？就算没有蓝洛斐这个恶魔出手，她也能完成的！一定！

演讲稿跟一般的文学作品不同，它是需要当众演讲宣读出来的，观众就是最直接的读者，也会最快速及时地给予演讲者反应。

所以，如果你的演讲太枯燥无味，那么台下的反应就是昏昏欲睡；如果你的演讲都是歪门邪理，那么台下的观众说不定给你一片嘘声……

当然，如果你站在台上一句话都说不出来——那恐怕是最差的演讲示范了。

杜绍远因为社交恐惧症没办法坦然从容地在大众面前发言，所以向晴天文学社提出了一个看似不可能的恳求——一篇让他不紧张的演讲稿。

稿子只有好与坏、长与短之分，哪里有什么让演讲者紧不紧张的效果呢？

它又不是安定剂。

如果对方是要自己写出一篇感动听众或者逗笑听众的稿子，还比较容易，但是要让演讲者本身克服自己的心理障碍……

"只是给他演讲稿还不行，我得想办法让他克服心理障碍，这样才能让他有一次完美地表达自己的机会！"

不过，克服心理障碍方面，她并不是专业的心理医生，所以她只能选择用自己擅长的办法——用文学力量来达到目的。

找擅长演讲的名家来指导？还是让作品里能言善辩的天才与对方产生共鸣？或是能给予杜绍远勇气和自信的人物？

夏千晴思考过后，开始在书架前翻找起来。

果戈理的《钦差大臣》、莎士比亚的《威尼斯商人》、蒙田的《蒙田随笔》、罗贯中的《三国演义》等看似有联系，但派不上用场。

这些著作里的角色，比如几句话就将周瑜气得吐血而亡的诸葛亮，比如骗过了一座城市大小官吏的赫列斯达可夫，他们都有着极强的能言善辩的能力，如果只是借用这个能力给杜绍远，能行吗？

夏千晴想了想在咖啡馆跟对方短暂相处的场景，对方其实有跟人沟通的能力，但是没办法坦率地表达出来，所以她想错了，对方缺乏的不是沟通演讲能力，而是一种向外界表达真实自我的勇气和信心。

他虽然有着远远超过其他人的天赋，但是他内心很自卑，甚至不敢跟她对视，哪怕说话的时候，视线也会聚焦到窗外的某一个点上。

夏千晴继续寻找，在看到某本书的作者时，她停顿了一下——俄国19世纪的作家屠格涅夫。

一开始，夏千晴并没有联想到这个作者有什么作品可以帮忙，只是陡然想起这个作者说的一句名言。

要判定自己价值多少，那是别人的事情，重要的是做好你自己。你不比一颗星暗，不比一棵树低。

意思是人不要妄自菲薄，不要以别人的意见和眼光来判定自己的价值。而杜绍远的心理疾病，症状之一就是对外界的意见和关注太过在意了。

他并没有意识到自己的价值，性格因素让他对自己的认识局限在了一个固有的印象里——

别人讨厌的自闭儿；

心理有病的怪人；

不容世俗者。

从而形成了一个死循环的怪圈：他自卑，在意别人的意见，不敢与人接触和表达自己的意见——被人当异类看待，被人嘲笑——他更加自卑自闭，觉得只有在自己的世界里才自在……

如果不打破这个死循环的怪圈，他就会永远被限制在这个可悲的境遇里。他的性格，他与人交流的缺陷，会对他天才般的人脑造成不好的影响。

"屠格涅夫应该有什么作品能帮上忙吧。让我想一想，《猎人笔记》《罗亭》《父与子》……"

一边思考，夏千晴一边从书架上拿出书随手翻阅。因为她并没有过目不忘的本事，所以有的时候哪怕看过书，也要借助翻阅才能想起具体内容。

"《罗亭》，这本书好像可以。"她的动作停顿下来。

翻阅了那本书前面几页后，她想起了整本书的情节，终于露出了轻松的笑容。她拿着那本书，大步走向了蓝洛斐。

"我找到需要的文学作品了，蓝洛斐，这次需要你出力，开启文学幻境！"

"这么快？确定找对了吗？殿下，我的时间很宝贵，所以别害我做无用功哦！"

虽然这么说着，但蓝洛斐还是很快起身，帮助夏千晴开启文学幻境。

光点在空气中调皮地跳跃，名著的水晶幻影如同平面放置的摩天轮的转轮一般，绕着两人旋转。

夏千晴抬手，轻轻碰触那本水晶幻影书的封面。刹那间，时间停止流逝，光芒大放。房间内的两人随着那些水晶幻影书消失无踪。

4.

文学导师幻境——屠格涅夫《罗亭》

19世纪40年代的俄国小山村。

晴朗的夏日早晨，太阳高悬在明净的天空上，田野里刚开花的黑麦叶片上沾着露珠，弥漫着潮气的树林里有小鸟在歌唱。

这是作品一开篇呈现出来的场景。

夏千晴进入文学幻境后，发现自己和蓝洛斐站在了一条小路上，小路通往山坡顶端的一个小村庄，而他们两人……

夏千晴低头看了看自己的着装——又是深灰色的、布料粗糙的仆人服装。

反观身边的蓝洛斐，跟上次一样是贵公子的打扮——深色的礼服，白色衬衣和领结，他的头发变成了金色，眼眸也是那种最迷人的深海蓝，只是被他看着，就会感觉到深海两千米以下的压力和寒冷。

夏千晴先叹了一口气，才说道："我知道这次我们又是不能干扰剧情的路人甲，但明明我们都是路人甲，怎么每次我都像最底层的仆人，而你却这么光鲜亮丽？"

"殿下，这也没办法。我们在作品里的形象其实是由我们自己的精神力决定的。你的能力只能变出最朴素的衣服，而我的话，可以变出任何我想要的装扮……如果你对仆人装不满意，也许你可以裸奔，反正我们在这个世界被外人关注的程度是零……"

蓝洛斐的理由说出口后，夏千晴很后悔自己问出刚才的问题。于是，她还是决定当作什么都没听到，也不再抱怨自己的仆人装难看，沿着小路，朝着山坡上方的一幢雄伟的石房子走去。

那里是故事主角罗亭第一次登场的地方。

女地主达丽娅·米哈依洛芙娜家里，众人原本在等待一位远道而来的男爵，不料贵客没到，罗亭出现了。

他的出场身份是男爵的朋友，因为男爵无法前来赴约。

来人三十五岁左右，高个子，背微驼，头发卷曲，皮肤黝黑，脸不怎么端正，可是富有表情，洋溢着智慧，一双灵活的深蓝色眼睛炯炯有神，鼻子挺而宽，嘴唇的线条很美。他身上的衣服并不新，绷得很紧，仿佛要裂开来似的。

罗亭的外貌并不出色，家世一般，但是他很自信，且有好口才，无论多么平庸的话题、多么寡言的谈话对象，他都能滔滔不绝。他与女地主家的一位常客的言语交锋吸引了众人的注意，被当成受欢迎的客人。

罗亭的话充满了智慧和热情，令人信服，很显然，他博览群书，学识渊博。

谁也没有料到他竟然是一个出类拔萃的人物……

他的衣着如此平常，又没有什么名气，大家都不明白，甚至感到奇怪，在乡间怎么会突然冒出这样聪明的人。

所有人，包括达丽娅·米哈依洛芙娜，都感到十分惊讶，甚至可以说被他迷住了。

达丽娅·米哈依洛芙娜为自己的新发现而感到自豪，她甚至开始考虑怎样把罗亭介绍给上流社会了。

罗亭语言方面的天赋令大家对他着迷，就连女地主达丽娅的女儿娜塔里娅也忍不住对他心生爱慕。但是他们的恋爱遭到了达丽娅的强烈反对，自诩为上流贵族的达丽娅不愿意自己的女儿跟一个靠不住的、一无所有、只会夸夸空谈的小子在一起。娜塔里娅不甘心就这样失败，在最后一次约会中，她向罗亭表明自己的心意，并且希望罗亭也做出决定，但是罗亭居然退缩屈服了。

"我们这是在浪费时间。请您记住，这是我最后一次跟您见面。我来这里不是为了哭泣，也不是为了诉苦。您看我没有流泪，我是来找您拿主意的。"

"我又能给您出什么主意呢，娜塔里娅·阿历克赛耶芙娜？"

"什么主意？您是男人，我已经习惯于信赖您，而且将永远信赖您。告诉我，您有什么打算？"

"我的打算？您妈大约不会再让我住在你们家里了。"

"可能的。她昨天就向我宣布要跟您绝交……不过您没有回答我的问题。"

"什么问题？"

"您看我们现在应该怎么办？"

"我们怎么办？"罗亭说道，"当然，只有屈服了。"

在跟少女示爱时的甜言蜜语，在众人面前的高谈阔论，但是到了关键时刻，罗亭的勇气和信心全部不见了，暴露在心上人面前的只有懦弱。

扮演旁观者的夏千晴和蓝洛斐就站在这两人身后的树林里。

听到罗亭说屈服的时候，夏千晴忍不住讽刺道："罗亭就是个语言上的巨人，行动上的矮子。就连娜塔里娅都比他勇敢，我真看不起他！"

"情况刚好跟杜绍远同学相反呢。杜绍远有着聪明的头脑和出色的成绩，但是他在言语表达和交流方面有太多问题了……"

"是啊，如果杜学长和这个罗亭互补，那么应该会是一个完美的个体了……"

"呵呵，原来这才是千晴殿下的目的。"

蓝洛斐察觉了夏千晴的意图，忍不住笑出声来。

夏千晴有些奇怪地看了他一眼，不明白有什么好笑的。

她的确是这么打算的，但是也有点儿小小的不同，到时候实施，他就知道自己的厉害了。

故事还在继续。

罗亭因为羞愧和悲伤离开了达丽娅家的庄园。

离开后，他又做过差不多二十多份工作，比如农业改革，比如跟人投资疏浚河道，比如从事教育事业，但都失败了。

罗亭并不是一个有毅力的人，他有种种奇思妙想和宏伟计划，但最后实践时总是半途而废。他下不了狠心，也舍不得付出，也没有孤注一掷、破釜沉舟的勇气，他高超的言谈技巧并未为他的人生增色，因此一直过得落魄潦倒。

故事进展到了多年后罗亭跟故人列日涅夫见面的场景。

在《一生》的幻境里，夏千晴见识过雅娜的苍老憔悴，但是这一次，看到那个谈笑风生的罗亭，还是忍不住吃惊。

头发几乎全白了，腰背佝偻着，穿一件破旧的、缀铜纽扣的长礼服……

他的眼神变了。他浑身上下，那时缓时急的动作，那无精打采、断断续续的话语，无不透露出一种极度的疲倦和难言的苦衷……

不只是外表，精神风貌也改变了。

生活的痛苦，命运的残酷，岁月的折磨……

夏千晴看到罗亭的模样，尽管不喜欢这个角色，但还是有种物是人非的悲哀。

"他还知道悔恨，可惜已经迟了。"旁边的蓝洛斐也学着夏千晴发出惋惜的感慨，但是夏千晴侧过头看他，那双深蓝色的眸子里根本没有丝毫怜悯之色。

习惯了恶魔表里不一的做派，夏千晴撇撇嘴，然后看向跟列日涅夫攀谈起来的罗亭。

他的确为自己的过往感到悔恨了。

"……漂亮话葬送了我的一切，毁了我的一生，我至死也摆脱不了它。不过我刚才所说的却不是漂亮话，我这一头白发，这一脸皱纹，老兄，可不是漂亮话。这破烂的衣袖，也不是漂亮话。你对我一向非常严厉，你这样做是对的。如今一切都已完结，灯油已干，油灯已碎，灯草将尽……"

故事已经进入了尾声。

结尾作者写道："愿上帝帮助所有无家可归的流浪者！"

1860年作者又给《罗亭》作了补充：

1848年6月26日炎热的中午，在巴黎，"国立工场"的起义几乎被镇压下去的时候，在圣安东尼区的一条狭窄的胡同里，正规军的一个营正在攻占一座街垒。

几发炮弹已经把街垒摧毁，一些幸存的街垒保卫者正在纷纷撤退，他们一心只想着逃命。突然，在街垒的顶部，在一辆翻倒的公共马车的残架上，冒出了一位身材高大，穿一件旧衣服，腰间束一条红围巾，灰白蓬乱的头上戴一顶草帽的男子。他一手举着红旗，另一手握着弯弯的钝马刀，扯着尖细的嗓子在拼命叫喊，一边向上爬，一边挥舞着红旗和马刀。

一名步兵学校的学员正用枪瞄准他，放了一枪……只见红旗从那个身材高大的男子手里掉下来，他自己也脸朝下直挺挺地栽下来，好像在向什么人行跪拜礼——子弹穿透了他的心脏。

"你看！"一位逃跑的起义者对另一位说道，"波兰人被打死了。"

"他妈的！"另一位回答道。接着两人飞快地向一幢房子的地下室跑去。那幢房子的所有窗户都关着，墙壁上弹痕累累。

这位"波兰人"就是——德米特里·罗亭……

罗亭就这样在盛大的历史事件中，作为一个默默无闻的小人物死去了。

枪炮声阵阵的战场，流血的躯体，是幻境的最后场景。

"我没有想到罗亭会是这样的结局，我以为他会在某个城镇的角落贫病无依地死去，但是作者让他在战争中死去了……"

夏千晴的声音透着一丝失落，哪怕不是自己喜欢的角色，但是看着这个人从年轻走向苍老，从事业心蓬勃到颓废不起，到横死战场——哪怕只是作为一个旁观者，也会心有不忍的。

"很聪明的结尾。罗亭哪怕颓废落魄了，也有他不甘心平淡走完一生的野心。也许这次死亡是他唯一成功的理想实践吧。"

蓝洛斐给出了他的见解，让夏千晴莫名地多了一丝领悟。

"殿下，你找到你需要的灵感了吗？幻境要结束了。"见夏千晴沉默地站在那里，蓝洛斐问道。

"当然有，现在我们可以离开这里了。"

夏千晴点点头，收回了落在战场一角的目光。

幻境的场景结束。

一阵失重感后，所有的画面消失。

耀眼的白光闪过，晴天文学社的活动室里，空气中出现水纹状波动，停止的时钟"咔嚓"一声开始走动，而就在走动的那一秒，半空中突然多了两个人。

夏千晴和蓝洛斐回到了现实世界。

5.

夏千晴从前很不喜欢那种夸夸其谈的人，她有一个叔叔，就是这种类型。

非常喜欢高谈阔论，喜欢夸耀，但是许下的诺言没有一句会兑现，说过的话也不会去实践。

夏千晴那个时候还不知道有"空谈家""空想家"这种说法，她只是单纯地把这个并不是很亲近的叔叔当成了喜欢说谎的骗子。

当时在夏千晴心里，说过的话却不去努力实践，或者只会卖弄口才等到行动的时候又瞻前顾后、犹疑不前的人就是骗子。

这个骗子叔叔总是对亲戚家里的小孩说自己在外面多么风光，多么有能力赚大钱，以后会给多大的红包，但是每年过节的时候，他塞给这些小孩的是几颗糖。更有趣的是，他跟自己的老婆说过自己在外面当了小老板，但是他的老婆偷偷去他工作的地方一看，还是那个被呼来喝去的打工仔，叔叔的老婆气得回家了。诸如此类的事，多不胜举。

但是也有一次，让她对那个叔叔的看法有些改观。

那次中考，夏千晴迟迟没有收到录取通知书，她紧张得不得了。父母要她继续等，也有其他亲戚猜测她可能没有考上，但是那个叔叔大声地对她说："不用担心，我觉得你肯定能考上的！我看人很准的，以你的能力，想考首都的名校都没问题……"

后面又是一大通夸夸其谈的言辞。

明明讲得很虚伪，但是因为这个叔叔的话，她的心情竟然放松下来了。

而之后，她收到的录取通知书也证明她是虚惊一场。这个叔叔也立马过来说是自己的好话起了作用。

虽然大家都笑呵呵的，一副不以为然的态度，但是夏千晴很感谢他，在自己最煎熬的时候，这个叔叔的话带给了她信心和希望。

夏千晴想着，叔叔的那些空话、大话对他自己来说是无益的，但是对于听那些话的人来说，有的时候也是一种心理安慰，也能起到作用。

所以，她对罗亭这个文学人物的评判也是这样的。

罗亭缺点很明显，但是这个可悲的人物身上，也有着容易被忽视的闪光点。

罗亭天才般的语言技巧，他的高标准理想主义诉求，在他的谈话里体现后，总会令那些在现实中昏昏欲睡或者麻木已久的人受到刺激：

他兴之所至，恣意发挥，充满了激情和灵感，绝无空谈家的自鸣得意和矫揉造作。他并没有挖空心思地寻找词汇，词语自己会驯服地、自然而然地流到他嘴里，每一个词语似乎都是直接从灵魂深处喷发出来，燃烧着信念的火焰。

罗亭几乎掌握着最高的秘密——说话的高超艺术，他知道怎样在拨动一根心弦的同时，迫使其他的心弦一起颤动、轰鸣。

有的听众或许不明白他说的确切含义，但是他们也会心潮澎湃，他们面前一道道无形的帷幕徐徐升起，展现出光辉灿烂的前景。

也许这种谈话于他本身无用，但是对于其他的听众来说，他人的言语可以起到刺激的作用。

屠格涅夫塑造这个人物，并不是一味地贬低他，突显他的缺点，其实也是写出了一个非常矛盾的多余人的形象。这类人是19世纪俄国文学作品中的一个典型，他们有着高尚的理想追求，有很高的文化素养和审美水平，有变革现实弊政的抱负，但是他们性格软弱，缺乏行动力，没有抗争的勇气和毅力，只能用忧郁、彷徨的态度面对生活，碌碌无为。

因此，罗亭的很多话对于其他人是有着启示意义的。所以，天真善良的娜塔里娅才会爱上他，而最后跟他重逢的列日涅夫也坦诚自己其实也欣赏他性格中的某些部分。

人无完人，每个看似一无是处的人，身上也总会有一两个隐藏起来的闪光点。而夏千晴就是需要借助罗亭性格和品行中闪光点的部分，来帮助自卑到极点以至于患上社交恐惧症的杜绍远学长。

杜绍远参加报告会的那天。

计算机系教学楼一楼的活动大厅内已经坐满了人。最前面两排坐的是系里和学院的领导、老师，还有教育局方面的领导也特意出席，杜绍远的家人也在其中。校报和市内的几家报纸、电视台也派来了摄像和记者。

离报告会正式开始还有15分钟。

台上的屏幕上播放的是杜绍远在国外拿到国际青少年计算机软件编程大赛特等奖的视频。而舞台后方的嘉宾休息室里，杜绍远呆呆地看着墙上的时钟，就仿佛看到了死刑倒计时一样，他心里的压力也越来越大，额头上渗出了一颗颗汗珠。

他今天穿着一件白色的衬衣和修身的黑色西裤——这是他的父母过来后特意买给他的。父母知道他的顾虑和压力，所以也没有多说什么，只是默默地用行动给了他支持。

他的头发也被打理过，乱糟糟的头发剪成了清爽的碎发，额头露出来了，眼镜也换了超薄镜片的——这是他的导师送给他的礼物。

此刻的杜绍远，如果只看外表，会发现他长得还不错，是那种清秀的男生。但是，他的内心并没有改变。

对于即将上场的演讲，此刻他的内心充满了懊悔、惶恐和害怕，种种复杂的情绪在他的心里翻涌。

"我应该立马逃走的，为什么还要待在这里？"

"不行，我不能再让爸妈和老师失望了。"

"如果上了台，又一句话都说不出来怎么办？我会搞砸的……"

"为什么我会有那样的毛病？我真恨我自己……不争气，丢人现眼……"

......

如果不是他手里紧紧地握着那部手机，他说不定已经不管不顾地逃跑了。

什么优秀事迹报告会，最后会成为他的丢脸报告会的……不行，他不能待在这里。

逃跑的念头又一次占了上风。

杜绍远刚刚离开凳子，但想起不远千里赶来的父母和导师亲自带着他做发型、配眼镜的场景，他又坐了下去。

不行，不能这样逃跑，再说……

有人说会给他不紧张的演讲稿。

杜绍远打开了手机，再次翻看昨天半夜才收到的短信：

"杜绍远学长，我是晴天文学社的夏千晴，幸不辱命，我为你准备好了不紧张的演讲稿，明天你上台前我会亲自给你送来稿子，请放心，明天一切都会好的。"

短信末尾的笑脸表情让杜绍远想起了那个黑发少女亲切的微笑，因为这个，因为她短信里笃定的语气，他起伏不定的心情才慢慢地平复下来。

而就在这时，有人敲了敲门进来了。

杜绍远抬起头，看到了因为一路疾跑脸上浮现出红晕的黑发女生，她一边喘着气，一边从包里掏出一份稿子递过来。

"对不起啊，杜学长，我从家里赶过来的……路上堵车晚了点儿，还好及时给你送到了。"

"啊，没，没事，谢……谢。"

杜绍远紧张地回答着，收回停留在夏千晴身上的目光，低着头接过了那份稿子。

看到那份稿子上的第一句话时，他愣住了，随后抬头望向夏千晴，质疑道："这个……这个真的……能让我不紧张？"

为什么会是这样的开场？

看到杜绍远惊讶的神情，终于缓过气来的夏千晴露出了一个让人放松的微笑，说道："当然啊！相信我好吗？"

说着，她走过来，双手按在了杜绍远紧握着稿子的手上。

一刹那，常人看不见的白光突然在空中绽放。

随后，一个高个子、微微驼背、天然鬈发和蓝眸，但是脸上洋溢着自信和从容微笑的虚影浮现在空中。

罗亭，拜托你，把你的信心、你的语言能力借给面前的这位学长吧！

他有着天才的能力和过度谦虚的品行，只是他需要一次向大家表达自我的机会。

在接触杜绍远的时候，夏千晴对着他人看不见的幻影——从屠格涅夫《罗亭》里诞生的文学角色罗亭默默地祈祷着。

那天开启幻境后，夏千晴拜托蓝洛斐唤出了罗亭这一文学作品角色，封印在自己的手上。等到报告会的这天，除了她特意准备的演讲稿，她还要把从罗亭身上借来的口才能力借给杜绍远。

空中的幻影罗亭朝夏千晴微微颔首，随后朝杜绍远附身而去。因为夏千晴的主动接触，杜绍远涨红了脸，甚至连呼吸都忘记了，仿佛变成了石头人。

在罗亭的幻影没入杜绍远身体的同时，杜绍远清醒过来，他如同抓着烫手的火炭一样，收回了自己的手，藏在了身后，然后瞪大眼睛惊慌失措地望着夏千晴。原本想结结巴巴指控对方突然靠近的行为，但是不知道为什么，这次说话变得流利多了。

"夏千晴同学，你这样做是不对的！女生不能随便碰别人，尤其是男生，古人说男女授受不亲，我知道你是想鼓励我。谢谢你，但是你不必……呃，为什么我一点儿都不结巴了？"

杜绍远说着说着，才迟钝地反应过来，自己居然没有说半句就卡壳，反而大脑里好像堆满了各种词语。他完全不会因为过度紧张而想不到词语，而是很多词语、很多语句排着队要从他的嘴巴里出来一样。

"为什么会这样？"

看到惊喜交加的杜绍远，夏千晴忍不住笑着提醒道："因为你看了我给你的不紧张的演讲稿啊！"

杜绍远闻言，立马瞪大眼睛，像捧着什么珍宝一样，双手端正地捧着稿子，仔细地打量着，似乎想要看出那篇稿子的魔力在哪里。

"夏千晴同学，你能不能告诉我，为什么这篇稿子会让我不紧张？我很感谢你，但是我也想不通，为什么我感觉自己好像已经没有SAD症状了一样……"

是因为罗亭的附身效果吧。

但这只是暂时的，罗亭加持在他身上的能力应该只够他完成演讲的一部分。夏千晴是故意这么设置的，否则，就算罗亭的能力让他作弊过关，于杜绍远学长也并无大的益处和改进。罗亭的能力只是为他起一个好头，能不能完整地演讲完，还要靠杜绍远学长本身的意志。

当然，这些不能明说。

夏千晴想了想，然后收起微笑，郑重地对杜绍远说道："因为这一次我为学长准备演讲稿的时候，想的不是为了向其他人报告学长多么优秀……当然，学长，你很厉害，能拿到国际上的奖项。我想的是，这是学长向大家表达真实自己的机会。学长，在克服你的心理问题之前，首先应该真正地认识自己……"

"我自己？认识我自己？"

杜绍远一头雾水，但是他很认真地听着夏千晴说话。

"学长，你太在意自己的毛病，反而忽视了自己的优点。并不是所有人都有学长你那样的天才大脑。而世界上那些成功的天才，比如易怒的爱因斯坦，比如疯狂的尼采，他们的性格、他们的行事作风方面也有缺陷，也会被人诟病。学长，你是少数的天才，所以会有天才才有的缺陷……"

"我只是计算机方面比较厉害而已……"

被夏千晴再三夸奖，杜绍远忍不住脸红了。

"我觉得，认识自己的优点但不自傲，承认自己的缺点并且有决心去改变，才算是真正认识自己。况且学长只是得了心理疾病，并不是犯了什么品行上的错误。所以，不要因为自己的心理疾病而感到羞愧或者自责。学长，疾病是可以治愈的，相信你自己好吗？因为你真的是很厉害的天才，如果克服心理问题，你会更厉害……"

说着，夏千晴朝他竖起了大拇指。

"绍远，准备好了吗？要上台发言了……"

杜绍远的导师过来提醒，杜绍远匆忙拿起稿子出门，临走前朝夏千晴投去感激的目光，而夏千晴也微笑着朝他做出手势。

"加油——"

报告会现场。

杜绍远在众目睽睽下走上了讲台。

路……有多少次我像雄鹰般展翅飞翔，搏击长空，到头来却像一只碎了壳的蜗牛爬回原地……我什么地方没有去过！什么样的路没有走过……往往是泥泞不堪的

219

台下黑压压的一片，令他的心情再度紧张起来，他的目光扫过台下的老师和同学，扫过正襟危坐、脸上带着担心神色的父母，扫过期待地望着他的导师。

他的心跳加快，周围的空气似乎也变得越来越闷热，让他难以呼吸。

他克制住心中不安的情绪，手在微微颤抖，许久才抬起手，让稿子上的字清晰地映入眼帘。

不知道是不是真的是这份稿子有着魔力，在看到稿子上的字迹时，他的紧张感似乎少了一点点。

他低下头，凑近话筒，然后念出了演讲稿上的第一句话，以他从来没有过的流利语速。

"我是杜绍远，2014年度国际青少年计算机软件编程大赛特等奖获奖者，同时我也是一名SAD患者。"

在说出这句话的时候，安静的会场突然喧哗起来。

杜绍远的父母难以置信地张大了嘴巴，似乎不明白儿子为何要当众自揭短处；而杜绍远的导师也震惊得瞪大了眼睛，甚至从座位上站了起来。

其他不明所以的人也露出了惊讶的神色，纷纷用诧异的目光打量着台上那个额头冒出了冷汗、肩膀轻轻颤抖的男生。

SAD是什么？

患者？说明这个获得国际大奖的年轻人有病？

台下的人纷纷猜测着。

听到了那些嘈杂的嗡嗡声，杜绍远停顿了一下，他在说出那句话后就不敢再抬头看台下的人了。

他害怕看到往常那种带着嘲笑的或者是失望的眼神。

"SAD是社交恐惧症患者的简称，像我一样的人现在有很多，是世界上仅次于忧郁症、酗酒的心理疾病。

请大家不用担心，这种心理疾病对大家、对社会并没有负面影响，SAD患者绝对不会做出危害他人或者社会的行为，我们只是会害怕，害怕人群，害怕在公共场合成为焦点，害怕公共演讲……大家可能不知道，今天能站在这里讲出这一切，我拼尽了我的一切勇气，在上台的前一秒，我跟自己说了无数遍不要晕倒、不要从这里逃离……"

台上的男生额头上冒着汗，头都不敢抬，近处的人都能看到他的身体在颤抖，但不知道是什么支撑着他。明明他的脸色苍白得似乎要晕厥过去，但他还是努力站在那里，努力流畅地念着稿子。

因为他的努力，他道出真实的自己，台下的人渐渐停止了议论，安静地听着他讲话。

"一直以来，我都为自己患有这种心理疾病而感到羞愧和自卑。这种羞愧和自卑让本来就游离于人群外的我更加难以融入人群。

哪怕获得了国际上的大奖，哪怕每年软件编程大赛总是能拿到冠军，我也从不认为患有SAD的我优秀，我觉得自己像一个只能活在黑暗里的影子。我想跟同龄人一起正常地交流，一起聚会，一起唱歌一起笑，但是抱歉，我都做不到。我甚至没有直视女生眼睛的勇气，这让我觉得自己很失败……"

随着杜绍远的讲述，台下的人纷纷露出不同的神情。

他的父母因为深知儿子的痛苦而拿着纸巾擦着眼泪，而一直以为学生只是过度内向的导师先是震惊，而后露出了担心和愧疚的表情——如果自己多了解他一下，多照顾他一下……

受邀而来的一些领导，本来有些不满优秀事迹报告会变成了检讨会，但是随着台上的人讲话的深入，也慢慢露出了沉思的表情。

那些原本是来走过场的记者们也露出了抓到新鲜爆料的兴奋表情——有心理疾病的天才少年？论现代教育的缺失？会不会炒作成新的热点话题呢？

台下的一切，台上的人并不知晓。

他只是觉得，自己不是在演讲，而是在向其他人倾诉。

他的自卑，他的阴影，他的痛苦，还有他的希望……

除了他的外表，他的成绩，他获得的大奖，希望有人关注他的疾病，关注他的痛苦。

不要投给他"异类"的目光，不要在他无法出声的时候发出冷漠的嘲笑，不要在他准备克服自己的毛病，朝对方伸出手的时候以嫌恶冰冷的眼神来拒绝。

"……无论我多么不喜欢身为SAD患者的自己，我也不得不承认，这就是我真实的一面。我只是希望，看到我的成绩和我的天分的人，知道我的疾病，多给我一些理解；看到我懦弱自卑一面的人，记得我取得过的成绩，多给我一点儿宽容……我，我……"

突然，那种流利的口才似乎消失了，杜绍远开始结结巴巴地念起来，而且一个词卡了很久，使得他更加惶恐不安。

仿佛有什么东西从他身上飞走了，明明下一个词就在嘴边，但他就是念不出来。

只是念出来啊，杜绍远，你怎么念不下去了？

杜绍远心里有个声音在催促着。

可是此刻的他手心冒着汗，额头被汗水浸湿，手脚都在微微发颤，周围的空气似乎都变得沉重了。

他整个人似乎要僵住了。

如果连演讲稿都说不完，他怎么办？好好的演讲，又会像过去一样无疾而终，成为大家口中的笑柄吗？

如果此刻抬起头，看到的会不会是爸妈和老师失望的眼神，还是其他人嘲笑鄙视的目光？

杜绍远的神经绷紧到了极限。

就在这时，突然有一个人带头鼓掌，随后，大家的掌声也跟着响起来了，从稀稀拉拉的变成热烈的一片。

怎么回事？

为什么自己在台上卡壳了还给他鼓掌？

"加油……"

"绍远，你行的……"

"杜同学，加油，别紧张！"

"慢慢来！"

"我们支持你，杜学长，你最棒了！"

……

台下的鼓励声清晰地传入了杜绍远的耳中。

而这一次，他听明白了，不是讽刺，不是嘲笑，不是嘘声，而是善意的鼓励。

杜绍远不敢相信自己的耳朵，于是他抬起了头。

结果，他看到了台下那一张张脸：有严肃的，有惊讶的，有担心的，有微笑的，有跟他一样紧张的，还有眼中带着泪花的……

唯独没有嘲弄和鄙视。

"加油啊，杜绍远学长，你第一次表达出真实的自己，也是第一次接收到这么多正面的鼓励……相信自己能行，继续啊！"

舞台一侧，偷偷关注着台上和台下情形的夏千晴忍不住握拳在胸，默默地给杜绍远打气。

现在，罗亭的力量消失了，全部要靠杜绍远自己完成演讲了。

杜绍远抬头望着台下好几秒钟，眼中泛起了晶莹的泪光。随后，他忙低下头，然后结结巴巴地跟大家解释刚刚的状况——

"谢谢……刚刚是SAD症发作的……的表现。对，对不起，我，我会努力克服那些……完，完成演讲……"

鞠躬道谢后，杜绍远面红耳赤、全身颤抖，但是很努力、很坚定地继续完成演讲。

这一次他正式进入了报告会的主题，分享了他参赛的心得，细致地讲述了他对未来软件编程发展趋势的一些看法和灵感构想。虽然并没有前半段那么流利，但是现场的人没有发出笑声或者嘘声，反而安静地听着他演讲。

最后，杜绍远感谢了他的老师、家人、领导，还有——

这并不是夏千晴准备的稿子里有的，杜绍远感谢了今天在场的所有给他掌声鼓励的人。

"谢谢你们……真心感谢……我，我会努力克服SAD，希望……有一天真的配得……得上……你……你们给……给的掌声……"

演讲结束，杜绍远走到台前，深深地朝台下的所有人鞠了一躬。

他鞠躬多久，那热烈的掌声就持续了多久。

杜绍远的父母和老师甚至站起身来，拼命地鼓掌。而谁也不知道，一直低着头鞠躬的杜绍远，在低头的刹那，眼泪哗啦流出，滴落在台上。

SAD患者的泪腺控制能力比较差，这也是没办法的。

怎么也止不住眼泪的杜绍远默默地给自己找着借口。

舞台一侧，一直等到杜绍远的演讲全部结束，看到杜绍远的父母和老师红着眼眶围着他，拍着他的肩膀给他鼓励的温馨情景，夏千晴才松了一口气，转身离开。

她掏出纸巾擦了擦眼角。讨厌，不知道为什么，她的眼眶也湿了。

"嗡嗡嗡——"刚擦干眼泪，口袋里的手机就响了。

夏千晴打开手机，发现是来自蓝洛斐的短信——

本次任务获得积分25分。文学幻境能力选择正确，演讲词准确，共鸣效果佳。扣分原因——千晴殿下实在不适合流眼泪的样子。

附带一张图片居然是她在舞台一侧流眼泪的照片。

也就是说，蓝洛斐那家伙当时也在台下。

可恶！之前她邀请的时候，还说没空来！

更可恶的是，他怎么可以用那种任性的理由扣她宝贵的积分呢？

"蓝洛斐，你这个任性的恶魔！"夏千晴有些崩溃地大喊出声。

路……有多少次我像雄鹰般展翅飞翔，搏击长空，到头来却像一只碎了壳的蜗牛爬回原地……我什么地方没有去过！什么样的路没有走过……往往是泥泞不堪的

名家TIPS：

屠格涅夫（摘自百度百科）

伊凡·谢尔盖耶维奇·屠格涅夫即伊万·屠格涅夫（1818年－1883年）生于世袭贵族家庭，是俄国杰出的批判现实主义作家。曾在莫斯科大学语文系就读，并开始诗的创作。后到德国学习，长期侨居国外。

1847－1852年发表了《猎人笔记》，揭露农奴主的残暴和农奴的悲惨生活，因此被放逐。在监禁中写成的中篇小说《木木》表现了对农奴制的抗议。早期诗作有《帕拉莎》《地主》，其他重要作品有长篇小说《罗亭》《贵族之家》《父与子》《烟》《处女地》，中篇小说《阿霞》《多余人的日记》等，还有剧本《村中一月》和散文诗等。他善于写景，擅长塑造少女形象，风格清新，富于抒情，被列宁誉为俄国的语言大师。

第七篇 / **百年的马尔克斯**

马孔多这个蜃景似的城镇，将被飓风从地面上一扫而光，将从人们的记忆中彻底抹掉，羊皮纸手稿所记载的一切将永远不会重现，遭受百年孤独的家族，注定不会在大地上第二次出现了。

——马尔克斯《百年孤独》

1.

不知不觉，从初春进入了炎热的盛夏。

七月了，阳光明晃晃的，似乎能把路上的柏油融化了。地面的一切水分都被太阳烘烤干，热气蒸腾，空气中似乎浮现出了模糊的水波纹，一切景物都变得模糊。道路旁的树木一棵棵无精打采的，知了隐藏在阴凉的角落不停地吵嚷。

明和学院内部的一家全国连锁书店内，跟室外完全不同的清凉室温，还有书的纸墨香以及店内特有的熏香在空气中弥漫。

一个黑发少女手里拿着一杯冰镇柠檬汁，咬着吸管吸了一下，清爽的柠檬汁缓解了她的燥热感。她一边喝着饮料，一边在书架前浏览。

走到畅销书那一块的陈列架时，黑发少女被摆在最上面的一本书和旁边的一张立体海报吸引了注意力。

"又是这本书啊！真了不起，已经连续大半年蝉联文学类作品畅销书第一名了。蓝洛斐，你看，我就是想成为这么厉害的作家！"

黑发少女说着，转过头，看向跟在她身后的一个双手插在口袋里的高大男生。

男生穿着简单的黑色休闲服，戴着大大的黑框眼镜，长刘海儿遮住了眼睛，乍一看似乎很平凡。几乎很少有人会把注意力放到他身上，就好像他身上安装了一个避免被关注的装置一样，只有黑发少女才看得到他被其他人忽视的那种美。

"马尔克斯的《百年孤独》？"

蓝洛斐伸出手，拿起了书架上的那本书。

"很难看懂，但是一旦看懂就会深深喜欢上——这就是马尔克斯的魔幻现实主义代表作《百年孤独》的魔力。而且我很喜欢这个书名，一百年的孤独，一整个古老家族的孤独对抗与毁灭……超酷的！"

谈到自己喜欢和擅长的一切，夏千晴总是一副神采飞扬的样子，眼里闪动的光亮、上扬的嘴角，将内心的欢喜愉悦毫不掩饰地表露出来。

将一切看在眼里的蓝洛斐忍不住眯起了眼睛。

他看了看微笑的夏千晴，又看了看手里的那本书，一个危险的想法浮现在他的脑海里。

"千晴殿下……"因为有外人在场，蓝洛斐靠近毫无防备的夏千晴，在她耳边低声说道。

夏千晴吓了一跳，耳朵一痒，立马捂着耳朵跳开两步，回过头恼火地瞪着蓝洛斐。

"你……"一提高音量，就察觉到场合不对，她只好压低声音，望着露出一丝坏笑的蓝洛斐，"到底想做什么啊？在外面不要叫这种奇怪的名字……"

"哦，抱歉，我只是突然想到了一个特殊试炼，不知道你愿不愿意尝试呢？"

"特殊试炼？"夏千晴的脑海里回想起上一次卡夫卡《变形记》的特殊试炼——那种一醒过来发现自己变成了别人的感觉，她一辈子都不会忘记。

她才不想重蹈覆辙，但是想到自己目前可怜的积分，而只要通过特殊试炼，蓝洛斐就会给最高积分，错过也很可惜啊。

想到这里，她矛盾又满怀戒心地望着对方，回答道："先告诉我是什么幻境的特殊试炼。"

马孔多这个蜃景似的城镇，将被飓风从地面上一扫而光，将从人们的记忆中彻底抹掉，羊皮纸手稿所记载的一切将永远不会重现，遭受百年孤独的家族，注定不会在大地上第二次出现了。

蓝洛斐露出仿佛看到了落入陷阱的小动物的表情，晃了晃手里拿的书——

加西亚·马尔克斯的《百年孤独》。

拉美作家马尔克斯的《百年孤独》是被誉为"20世纪最杰出的文学作品"的著作。

马尔克斯在发表这部作品之前并不出名，在《百年孤独》问世后，才引起世界文坛的轰动，并在1982年获得了诺贝尔文学奖。授奖的瑞典文学院认为，马尔克斯在作品中创造了一个"独特的天地""汇聚了不可思议的奇迹和最纯粹的现实生活"。

正如这部作品的名字，《百年孤独》以魔幻现实主义的手法，突显的是永恒的孤独主题和悲剧意蕴，描绘了一个虚幻的古老传统小镇马孔多的百年辛酸历程，以及一个家族在外来文化和现代科技文明的冲击下的挣扎生存。他们的爱恨、福祸、兴衰，他们每个人深藏于内心的孤独，在作者灵巧的写作手法和美丽的语言中得到了最极致的展现。

这是一部很伟大的作品，当然也是很难读懂的作品。一般读不懂的时候会觉得很混乱，觉得马尔克斯描述的那些魔幻场景非常荒诞、阴暗，但是读懂整部作品后，就会觉得那些手法、那些措辞和形容运用得恰到好处。

但是，蓝洛斐为什么要选择这部作品的文学幻境作为特殊试炼呢？

是要把自己丢到马孔多小镇去历练吗？

问出自己的疑问后，蓝洛斐摇摇头，回答夏千晴："这次试炼很简单，只要千晴殿下在孤独幻境里度过一百年时光，就算通过了。这个幻境里什么都有，千晴殿下，在那里，你就是造物主，不受你的力量限制，你可以变幻出自己想要的任何东西，风景、动物、美食、衣服、房子、玩具……但唯独不会有可以跟你交流的人类。

"试炼的关键在于你能否忍受孤独，度过漫长的百年时光……

"如果中途殿下忍受不了孤独想退出，只要做出极端行为结束生命就可以，那么试炼也算失败。"

……

在了解了蓝洛斐说的具体情况和规则后，觉得没有问题的夏千晴答应了进行这次特殊试炼。

如果熬不过去，自己就退出嘛！反正也就是30积分，后面自己多辛苦点儿，多接点儿委托和任务赚回来嘛！

夏千晴这么想着，于是从书店出来，就迅速跟着蓝洛斐回到了晴天文学社的活动室。

"快点儿开启《百年孤独》幻境吧，这次我会成功的，蓝洛斐！"

在夏千晴迫不及待的催促下，蓝洛斐再次帮忙开启了文学幻境。

随着他的双手在空中优雅舞动，白色的光点在半空中跳跃，随即一本本名著的水晶幻影在空中浮现，组成宛如平行放置的摩天轮的形状，环绕着夏千晴和蓝洛斐旋转。

夏千晴瞪大眼睛，认真地看着浮现出来的水晶幻影，在看到其中某一本的时候，她微笑着伸出手。

那本水晶幻影书从旋转的"摩天轮"里飞到了她的面前。

加西亚·马尔克斯的《百年孤独》，就是这本书。

她的指尖放在了书的封面上。

就好像戳破了气泡一样，耳边仿佛听到了"啪"的声响，而指尖陡然绽放的白光让她不由自主地闭上了眼睛，随后一股巨大而神秘的吸力将夏千晴整个人吸了进去。

书的幻影消失，而意外的是，原本应该一起消失跟着进入幻境的蓝洛斐还留在原地。

其他的水晶幻影书如同破灭的泡沫一般在空中消失无踪，蓝洛斐的脸上露出了一个诡异的笑容。

"别让我失望哦，千晴殿下。如果做错选择，你可能一辈子待在那个幻境里出不来了。"

2.

文学幻境——马尔克斯《百年孤独》（上）

白色的光点闪烁着。

这是哪里？

夏千晴睁开眼睛，发现自己到了一个很奇怪的地方。

她好像站在了星空之中，整个人是浮在空气里的。她分不清左右，分不清上下，四周是一片深蓝色的无边无际的景象，遥远的地方闪烁着星光。

她低头看了看自己的手和脚，发现还是自己的身体，是进入幻境前自己的着装。

这次进入的居然是自己的本体吗？不过，她发现自己的手腕上多了一个东西——一块奇怪的电子手表，上面的计时是这样的：

0年0天0时0分0秒。

在她注意到手表的时候，上面的数字立马发生了变化，秒数在不断跳跃增加。

这个是提醒她时间流逝的工具吧。

但是，为什么百年幻境会是这个样子呢？

为什么自己会出现在一片最原始、最混沌的星空之中？

脚下没有土地，她根本没有任何真实感。

然而就在她生出这个想法的时候，她所在的场景立刻发生了神奇的变化。

脚下虚无的星空里突然延伸出了土黄色的痕迹，随后这片土黄色无限延展，直到形成一片能让夏千晴脚踏实地站着的土地：大颗的沙砾，细腻的黄土，不规则的浅褐色岩石，土地上丛生的野草、水洼……

就像夏千晴所处的现实世界里一样的土地。

夏千晴震惊得瞪大了眼睛，她难以置信地抬了抬脚，前后踏了几步。走到一块水洼前，她的鞋子在水洼边上留下了清晰的脚印。

紧接着，她又抓起了沙地里的沙土，细腻的沙子从她的指缝间落下，她也触摸了近处的岩石，触感、重量、颜色和地球上的岩石一模一样。

"是真的。只因为脑海里的一个想法而出现的土地是真实的，至少在这个幻境里是真实的！"

夏千晴惊喜地在这片土地上狂奔起来，奔过沙地，踏过野草地，跨过水洼……

有了土地，那么天空呢？

这个念头产生的刹那，她一抬头，那片仿佛近距离笼罩着她的幽暗星空陡然变高，而且从神秘的深蓝色变成了那种清澈的淡蓝色，白色的云朵也浮现出来了，星星因为距离变得遥远而再也看不见了。

有了天空，还需要阳光。

就好像玩造物主游戏上瘾一样，夏千晴指着天空的某一处，大喊出声："给我阳光——"

一轮金色的太阳缓缓地从云朵后显露出身形，炙热的光洒向大地。

"哈哈哈，好神奇！原来蓝洛斐说的造物主是这个意思！"

有了土地，有了天空，有了阳光，那么还需要什么呢？

需要植物，需要不同的地貌——高山，低谷，河流，树林，湖泊，大海……

凭借自己的想象力，夏千晴所处的这片世界里，和地球上一样的地貌慢慢地浮现出来了。

她不过一个念头闪过，脚下的土地就陡然隆起，成为由坚硬的岩石构成的悬崖，而面前的一片沙地变成了一片清澈的蓝色海洋。海水猛烈地拍打着岸边的深褐色岩石，而夏千晴站在高高的临海悬崖上，张开了手臂，带着咸味的海风夹杂着水汽朝她迎面袭来。

"大海！"

她开心地跳起来，脚下一个趔趄，兴奋过头的她不小心朝悬崖下方跌落，她忍不住惊呼出声——下面就是自己刚刚变幻出来的一块块棱角分明的坚硬岩石。

自己绝对会摔得粉身碎骨的，于是她朝空中伸出一只手。

一只白色的大鸟陡然在空中出现，落到她面前，她抓住了巨鸟的脚。鸟儿奋力地拍打着翅膀，带着夏千晴从悬崖下飞走，飞到了海面上。

逃过惊险一劫的夏千晴望着下方泛着波光的海面，感受着海风，忍不住大笑出声。

"哈哈哈，这个幻境真的很好玩啊！不要说一百年，一千年也可以啊——"

最后那个字出口的瞬间，夏千晴松开了抓住巨鸟的手，整个人朝着海面落下，而就在她即将沉入水中的刹那……

"哗啦"一声，她骑着一只白色的海豚高高跃起，又迅速冲到水面上，激起巨大的水花。

让白鸟载着在天空高飞，让海豚带着自己在大海遨游——就好像童话故事里才会出现的场景，自己今天竟然体验到了。

告别海豚，夏千晴脑海里想象着潜水艇，于是周围的海水陡然消失不见，而她到了一艘小小的潜水艇的内部，身上湿透的衣服变成了运动潜水服。潜水艇带着她在深海里遨游，透过透明的窗户，她在脑海里想象着在电视节目和海洋公园里见过的海中生物，于是——

小小的海马、美丽的水母，狰狞的鲨鱼、舞动着柔软肢体的章鱼，巨大的海龟、长长的海藻……甚至，她还在水里变出了生锈的藏宝箱，指挥着潜水艇的能动臂抓住了藏宝箱，然后缓缓地上升到海平面。

升上海面后，潜水艇变成了一艘漂亮的轮船，而夏千晴的一身潜水服变成了沙滩长裙，白色的甲板上放着从海里捞出来的宝箱。打开箱子后，里面飞出了一群白色的鸽子。

这个画面是夏千晴想象了一下魔术师惯常的表演场景，箱子打开后，里面没有财宝，反而飞出了白鸽。

白鸽飞到了天际。

夏千晴的目光注视着天空，突然想到了什么，双手在空中随意地指点着。

于是，天空中的鸟儿变多了——鸽子、海鸥、云雀、老鹰，还有一架巨大的"铁鸟"飞过了天空，在淡蓝色的天空上留下了两排长长的鱼鳞状的痕迹。

在海上玩了一段时间，夏千晴回到了陆地。

这次，她选择了一个风景优美的地方，给自己变出了漂亮舒适的房子。整个房子的屋顶宛如一块巨大的水晶打造，而内部则是简单的白色和黑色的搭配，绿植和鲜花在房间的角落里点缀。

只要是夏千晴能想象到的家具、名画、陶瓷，在她的理想屋里都出现了。

此刻，夏千晴坐在一张舒适的椅子上——跟蓝洛斐经常坐的那张椅子有点儿像，变椅子的时候因为脑海里不自觉地想到那个人的专座，于是就变幻出这个东西来了。

夏千晴抬起手腕，看了看手表。

发现手表上的时间已经跳跃到：

0年41天7时50分23秒。

时间怎么过得这么慢？

夏千晴还以为自己变幻出那些场景，还有去天空、去海里玩起码已经耗费好几年的时间了，结果两个月都不到。

一直保持雀跃心情的夏千晴忍不住生出一丝担心：怎么时间过得这么慢呢？

她的心情变得有些低落，想着另外找个方式补偿自己。

她的面前出现了一张巨大的橡木长桌，几乎可以容纳二十几人同时用餐，桌子上摆满了她喜欢的美味料理——

泰式咖喱鸡、法式红酒烩鸭、澳洲鱼子酱、松阪牛肉、米其林餐厅推荐美食目录上的点心、各色水果、冰激凌……

在轻快的背景音乐响起的时候，夏千晴惬意地品尝着美味。美食带来的愉悦感充实了她的胃和心灵。

但是吃着吃着，她突然想到，如果有人陪她一起吃东西，自己会更开心吧。

食物分享着吃，才会变得格外美味。

想到这个，夏千晴第一次体会到了孤独感。

因为只有一个人，所以她的快乐和欢喜都显得特别单薄。

"不行，现在才第一年呢！这么快我就受不了，还有100年的孤独时光该怎么过？"

夏千晴用力地舀起一大勺冰激凌放进了自己的嘴里。

接下来，在自己创造的世界里，夏千晴经历了"睡眠——造物——美食——睡眠"的循环。

她还特意放慢了自己造物的速度，将自己能想到的地球上有的生物、植物或者是建筑、风景全部在这个世界里一一展现出来。

这一切花了她三年时间。

她把睡眠时间延长，甚至变化出了那种帮助人进入深度、悠长睡眠的高科技睡眠仪器；品尝美味的时候，虽然因为美味的供给泛滥而没有了欣悦感，但她还是努力按照正常的三餐规律用餐，每一次品尝食物都细嚼慢咽……

变换美味品尝的时间单独算，不与造物时间重合，也就两年……

渐渐地，因为越来越容易生出的孤独感，夏千晴变出了各种宠物：品种珍贵的可爱猫咪、顽皮活泼的小狗……

萌宠的陪伴让渐渐变得沉默的夏千晴又稍微轻松地度过了两年时光。

在这个百年孤独幻境里，一切变得和夏千晴所熟悉的地球没什么不同了。她享受了一切美食、音乐，变幻出了一切自己看过的或只在电视节目里了解过的名胜景观，养过了世界上一切珍贵的名宠……

从一开始的惊喜、雀跃和兴奋，到最后变得越来越安静沉默。

在这个世界里，她好像拥有了所有，她好像可以轻易得到一切以前自己很难得到的东西——衣服、房子、首饰、宠物、美食……

她能变幻出世界上最顶级的一切物质和精神享受，唯独变幻不出可以跟她交流的人类。

在她实在忍受不了一个人独处的时候，她试着变出自己的朋友、玩伴、父母……

奇迹般的是，她能变出跟他们有一样外貌的人，但是那个人不会说话，不会动作，也没有神情，像没有灵魂的玩偶一般。

在明白那个事实的时候，她突然爬到了床上，把自己裹在被子里哭了起来。

过了这么久，一个人孤独地在幻境里生活了这么多年，她在自己坚持不住的时候做了这个尝试，但是结果破灭了她的妄想。

哪怕变幻出一模一样的家人，他们也不会回应她的想念和问候。

在这个什么都有，什么都可以掌控的世界里，真的只有她一个活生生的人。

只有她孤独一个人。

而她还需要在这里度过90年的时光。

可是，最开始的10年里，可怕的孤独感早已如同从阴影里爬出的藤蔓一样，牢牢地捆绑了她的心灵。

夏千晴感觉自己已经被那种深深的孤独感逼到了崩溃的边缘。

最初的几年，她从一开始疯狂的喜悦和幸福感中醒悟之后，渐渐地明白了这个幻境的可怕。为了不让自己被孤独打倒，她努力跟自己说话，努力给自己各种鼓励……

但是，还是没能抵挡住长时间的独处时光对她的摧残。

在第七年的时候，她已经不跟自己说话了，变得很沉默。

她也不迈出屋子去玩造物主游戏，不再对每一个自己创造出的自然界的生命或者地貌而感到由衷的欣喜了。

她也不热衷美食了，反正在幻境里，不吃不喝对自己也不会有影响，干脆不吃。

就连房子里那些可爱的猫咪和小狗走过来朝她撒娇，她也冷冷地赶走它们，甚至想让它们都消失。因为它们自得其乐的满足，它们和同伴间亲密的嬉戏令她嫉妒。

为什么自己不是它们中的一员呢？

哪怕变成猫咪，至少也有可以交流的同伴啊。

另一方面，夏千晴看手表上时间变化的频率越来越高，秒数的跳跃都让她觉得缓慢、焦躁。

她甚至认为是手表出了问题，被调慢了。时间过得太慢了，她已经迫不及待地想从这个幻境里挣脱出来了。

手表的时间跳跃到：

10年1天1时0分59秒。

终于过了10年。

10年的孤独幻境，已经让夏千晴从一个开朗活泼的女生变成了一个神经质、沉默焦躁的人了。

"不能这样下去了，再过10年，不，不用10年，再这样一个人待一年，我都会疯掉！"

因为太久没说话，夏千晴感觉自己说话都不太流利了。

"我认输！我放弃这次试炼，蓝洛斐，你出来！出来！我放弃试炼。我不要你给的积分了！把我从幻境里放出去！"

这么可怕的幻境，怎么可能有人坚持得了？

夏千晴实在坚持不住了，而手表上的数字也刺激了她，她跑出了房间，冲着天空大喊大叫。

她觉得蓝洛斐应该就在幻境的某个地方偷偷监视着她，如果她喊认输，蓝洛斐就会出现的。

可是，无论她怎么喊，无论她说多么难听的话，始终没有任何人给她回应。

夏千晴呆呆地望着天空。

从她进入幻境以来，一直是她最喜欢的晴天。而这一刻，就连晴空都让她觉得无比刺眼。

她颓然地坐在地上，随着心里浮现的阴云，天空陡然暗下来，白云变成了乌云，天空有银色的电光和轰隆隆的声音闪过。

豆大的雨点落下来了，打在夏千晴的头上，有点儿痛。

"如果要结束这一切，就只能按照蓝洛斐说的方法做吗？"

夏千晴呆呆地望着天空，回想着进入幻境前蓝洛斐说的那句话——

"如果中途殿下忍受不了孤独想退出，只要做出极端行为结束生命就可以，那么试炼也算失败。"

意思是，除了承认失败，还必须自己选择结束生命才可以退出吗？

夏千晴的眼里映着闪电，两团闪电就如同两团燃烧的火焰。

没有什么比结束自己的生命更容易的吧？只要自己一个念头……

夏千晴望着天边，缓缓地闭上眼睛。

这只是假的，并不是真的死亡，只要自己放弃这次试炼，只要自己做出选择，就会从这个可怕的牢笼里逃脱，就可以回到现实。

只要自己做出决定……

夏千晴攥紧了拳头，雨水顺着她的黑发流下来，闪电在空中不断闪过。

"轰隆隆——"

"哗啦啦——"

雷声和雨声还在继续。

这个被创造出来的世界是那么安静，除了风雨声和雷声，再也没有其他的声音。

只要做出决定，她就可以回到现实世界，见到自己一直想念的家人和朋友。

只要……

夏千晴缓缓地举起手，她的脑海里开始想象，如果闪电从她的头顶落下……

"轰隆隆——"

就在她生出那个念头的瞬间，一道巨大的闪电仿佛撕裂天空一般，朝着地面击来。

夏千晴被那个巨大的声音吓住，看到那道闪电落下的瞬间，不知道为什么，她的手陡然收回，而离她十几米远的地上多出了一座高塔避雷针，巨大的闪电朝着避雷针袭去。

白色的电光在避雷针上闪烁一阵，随后消失。

夏千晴收回颤抖的手，拍了拍胸口，长长地吐出一口气。

就在刚才，她突然想到了进入幻境前蓝洛斐告诉她那些规则时，脸上诡异的笑容。

那个诡异的笑容令她心中的疑惑加大，刚刚生死关头，在看到闪电的时候，她突然想明白了。

蓝洛斐说自己选择结束生命，那么就可以逃离幻境。

身为恶魔的他特意为自己准备了这么特殊的幻境，会允许她轻易放弃吗？

如果恶魔是那么好说话的，那么世界上就不会有那么多绝望的人了。

最后那一秒，蓝洛斐的笑容让夏千晴生出了警觉之心，她突然想到她选择的方法可能不是退出，而是真正的结束。

如果那道闪电落在自己身上，那么就会是她人生真正的结束。

她冷静下来思考，将蓝洛斐的提议和他的诡异笑容联系起来，发觉蓝洛斐给出的看似妥善的建议，不过是隐藏在孤独而痛苦的百年幻境里的一个危险陷阱。

踏出这步，也许就是夏千晴人生的真正结束。

想明白后，夏千晴一阵后怕。也因为这个，她感觉到了愤怒。

怎么说也是共同经历了那么多的同伴，这个恶魔居然还设这种阴险的陷阱对付她。

在她崩溃的时候，引诱她做出选择。

如果她没有放弃，没有察觉到，还是会乖乖地跟他合作，继续后面的步骤；如果她被他的谎言所欺骗，选择结束，那么有可能她一辈子都被困在幻境里出不去，或者就是真正的死亡，说明她自己并没有达到他的要求——于他而言，不过是淘汰没潜力的魔王继承者，不会有什么损失。

虽然明白恶魔就是那种冷漠无情的生物，但夏千晴还是觉得心寒。

"蓝洛斐，我应该感谢你，你的这个陷阱反而激发了我的斗志。你是觉得我达不成你说的目标吗？不，我要证明给你看，我能做到……而且不是为你！"

夏千晴的眼里闪动着坚定而倔强的光芒，她擦了擦脸上的雨水，站起身来。

在她起身的刹那，雨停了，风歇了，乌云散去，阳光穿破云层重新洒落大地。而远处的天空，一道美丽的彩虹悬挂在高空。

3.

文学幻境——马尔克斯《百年孤独》（下）

一个人在任何时候，都不要被绝望的情绪所控制。

上帝给你关了一扇门，就会给你打开一扇窗，再不济，也会留给你一个老鼠洞。

在这个孤独的幻境里，因为闪电即将落下的刺激而想通蓝洛斐设下的可怕陷阱的夏千晴，结束了之前那种无所事事、为了打发时间而变得紊乱的生活状态。

回到房间之后，完全冷静下来的她突然想起自己到底是为了什么才进入这个孤独的幻境的。

是恶魔提出的一次文学试炼。

至于为什么会参加这次试炼，是恶魔在威逼自己接受魔王继承者的使命时她自己提出的建议。

如果她不得不走上征服世界之路，那么请用她喜欢的方式——用文学力量去达成魔王的目标。

在被恶魔蓝洛斐步步紧逼的时候，她的脑海里灵光一现，提出了这个建议，而蓝洛斐也答应了。但在认可她选择文学力量征服世界前，必须通过他设置的文学试炼。

以晴天文学社为试炼平台，恶魔蓝洛斐想看到的是自己是否有奋进的毅力、信心和潜力吧。

如果连普通的试炼，连这个小小的幻境自己都不能通过，哪里能大言不惭地说自己有朝一日能凭借文学力量达成最后的目标？

认真反省过后，夏千晴摒弃自己对恶魔蓝洛斐的不满和猜疑，摒弃其他的杂念，做起了自己从前最喜欢的事——

阅读。

她在这个孤独的幻境里，找到了上帝留给她的"老鼠洞"——阅读名著，阅读那些她读过或者还没读过的名著，比如艾略特的《荒原》、伏尼契的《牛虻》、狄更斯的《远大前程》……

她因为找不到人交流，因为内心被孤独感啃噬而面临崩溃，但是她忘记了阅读也是一种另类的交流方式。

那些优秀的文学作品是人类杰出天才智慧和思想的结晶，是他们向世界表达自己的一种方式。在阅读他们的作品时，也是身为读者的自己跟那些闪耀的杰出人物进行灵魂沟通的过程。

读莎士比亚的《仲夏夜之梦》，感受到那种活泼轻灵之美；读梭罗的《瓦尔登湖》，感受内心的纯粹和宁静；读艾米丽·勃朗特的《呼啸山庄》，领略生命中那种最激烈而永恒的情感表达……

时间在夏千晴阅读一本本名著的过程中静悄悄地流逝。

这个时候，感觉不到疲惫、饥饿、困倦的她，完全将自己的专注力倾注到了阅读中，跟着故事里的人物一起笑，一起悲伤，一起烦恼纠结……

她感觉不到时间，也不关心时间流逝了；她感觉不到孤独，也不关心是否孤独了。

在阅读中，她好像找回了真实的自己。

在她三岁时，第一次听妈妈跟她讲安徒生童话里的《海的女儿》的故事，对善良的小人鱼公主生出同情；

在她上小学的时候，语文课本上那些名家文章的节选：《伊索寓言》《昆虫记》《海底两万里》《西游记》等，知晓文字加以创造后的奇妙，刺激她幻想力的开拓；

初中的时候在图书馆借阅《巴黎圣母院》《双城记》后，对故事中悲剧人物高尚情操的深深崇敬……

在阅读中，她与那些闪耀的名家留在书中的情感、思想有着深深的共鸣。那些作品感染着她，激励着她，让她爱上用文字创造奇妙故事，用文字勾起其他人的喜怒哀乐。

感觉不到方向，感觉不到时间的流逝，她埋头阅读，一本本书从她的右手边放到了她的左手边。

整个空间除了她平缓的呼吸声，就只有间或的翻书声，但是她不觉得孤独。

因为在阅读的时候，她感觉好像在这个世界里，其实不止是她自己，还有那些她阅读过的作品的伟大作家、他们笔下生动形象的角色在陪伴着她。

念头一起，她所处的房间突然如同泡沫一样消失，土地、大海、森林……最开始创造出来的一切，在她进入阅读状态的时候全部消失，天空变成了最初进入幻境的那种神秘的幽蓝色，星星在近处闪烁，而她所处的地方变成一片虚空。

她以一个非常放松的姿势端坐在幽暗神秘的星空中。

周围唯有她阅读过的一本本书。

那些书环绕着她，而与此同时，那些写出伟大作品的文学家的幻影也从书里浮现出来：歌德、欧·亨利、莎士比亚、海明威、罗曼·罗兰……

那些令人印象深刻的鲜明角色也浮现出来：维特、哈姆雷特、阿廖沙、希斯克力夫……

他们在神秘的星空下朝夏千晴微笑。

时间安静地流逝。

夏千晴没有再去看手表，将那些作品看完一遍后，觉得有必要重读的作品，或者觉得未能读通的作品，她又进行第二次阅读。

第二次阅读后，对于某些她特别偏爱的作品，她又会进行第三次阅读，甚至某些非常精彩的片段，她会大声地朗诵出声。

比如诗人里尔克的那首《沉重的时刻》——

第七篇　百年的马尔克斯

马孔多这个蜃景似的城镇，将被飓风从地面上一扫而光，将从人们的记忆中彻底抹掉，羊皮纸手稿所记载的一切将永远不会重现，遭受百年孤独的家族，注定不会在大地上第二次出现了。

"此刻有谁在世上某处哭，无缘无故在世上哭，在哭我。

此刻有谁在夜间某处笑，无缘无故在夜间笑，在笑我。

此刻有谁在世上某处走，无缘无故在世上走，走向我。

此刻有谁在世上某处死，无缘无故在世上死，望着我。"

又比如狄更斯《双城记》那段著名的开篇语——

那是最美好的时代，那是最糟糕的时代；那是个睿智的年月，那是个蒙昧的年月；那是信心百倍的时期，那是疑虑重重的时期；那是阳光普照的季节，那是黑暗笼罩的季节；那是充满希望的春天，那是让人绝望的冬天；我们面前无所不有，我们面前一无所有；我们大家都在直升天堂，我们大家都在直下地狱——

在阅读的时候，她总能轻易找到令自己欣喜的事情。

在读完名著的间歇，她也会试着自己创作故事。

阅读那些令她欣喜和感动的作品之外，她始终要做的一件事情就是独自创造属于自己的能代表自己的作品。

也许她暂时没有能力写出跟名家一样的优秀作品，但是只要她愿意去尝试，愿意去努力，也能朝着那个目标一步步接近。

如果不努力的话，那她只能永远望着悬挂在高处的理想果实，望到脖子酸了都够不着。

而且在这个空间里，她的构思不需要用文字来呈现，完全可以凭借想象，来创造出故事里的场景和画面，就如同在脑海里播放用自己打稿的剧本演出的电影一样。

于是，满怀激情和动力的夏千晴，在经过了思考后，她创造了一个关于邂逅和守候的故事。

在她的故事设定里，与人类生活的世界所平行的一个异空间，有一个名为妖之国的神奇国度，那里生活着一群美丽的妖精。

他们有着奇异美丽的外表，有着不同的种族能力，跟人类一样，有善有恶。

最温柔敦厚的熊地精一族，最隐匿排外的曼罗夜族，最聪颖爱惹起动乱的月狐一族，最亲近自然的四目一族，最会唱歌的绿精灵一族，最高贵骄傲的雪妖精一族……

随着她不断推翻构思又重来，不断想象又重建，历经无数次的失败，吸取无数次的教训后，她理想的妖之国异域场景终于在安静的星空下生成。脚下的茫然宇宙变成了妖之国的五芒星形状的土地。

西北部的冰雪高原，东北部的迷雾森林，东南角的海芋花田，西部的狼族大草原，大陆中央环形的、充斥可怕风暴的内陆海……

奇异美丽的异域风景一一展现。

而在妖之国的某一处角落，与现实空间之间最大的一道时空缝隙——被人类命名为"妖精之门"的缝隙打开，一名少女踏入了人类止步的禁地妖之国，从此，这片大陆上掀起波澜。

在全部场景、重要人物和角色生成之后，夏千晴又将妖之国的整块地域缩小为一个棋盘大小的迷你场景。

就在她满足地望着这块自己独创的小世界微笑的时候，突然，她的手表传来了"嘀嘀"的声音。

她惊讶地抬起了手腕，手表上的数字赫然已经变成了——

100年0天0时0分0秒。

"100年的时光已经过去了？"

夏千晴惊讶地喃喃自语。

她完全没有察觉到时间的流逝。

之前只是在不停地阅读、阅读，再阅读，然后是试着利用幻境里自己的创造能力，创造属于自己的故事……

然而在她的故事场景全部搭建好之后，百年的时光如同弹指一瞬，就这么过去了。

"千晴殿下，恭喜你通过了这次特殊试炼。"

突然，一个有些陌生的声音在寂静的空间内响起。

因为100年的时间太久，夏千晴甚至不敢相信自己真的听到了其他人的声音，还以为是自己的幻觉。

远处的虚空之中出现了一个人影——

黑色的长袍，黑发，黑眸，还有他头上黑色的恶魔之角、巨大的黑色羽翼。

散发着邪恶气息，却又有着迷惑人心的美貌的恶魔——兰斯洛斐出现了。

在看到恶魔出现的那一刻，夏千晴陡然清醒，也想起差点儿踩入恶魔设置的陷阱的事情。

"我没有按照你的方式退出，你很失望吧？"

明明应该非常愤怒地控诉他，但是夏千晴这一刻的语气特别平静，一如她的内心。

100年的孤独时间她都熬过去了，更何况是那种小小的不成熟的愤怒情绪。

在那忽视了时光流逝的阅读中，她的心情早已恢复了平静。这个时候的她回头去看那个时候崩溃痛哭的自己，只会觉得当时自己太幼稚。

"当然不会，因为千晴殿下是我服侍的魔王继任者里最特别、最能坚持的呢！"

恶魔完全没有阴谋被拆穿的羞耻和不自然，微笑在他的嘴角绽放。他在虚空里微微鞠躬后，朝夏千晴伸出手来。

"殿下，我来接你回去。"

虽然内心还是抱着警惕的态度，但夏千晴还是淡定地朝他点点头，随后伸出了手，另外一只手悄悄一挥，身后那个棋盘大小的妖之国世界在虚空中消失了。

她独创的世界，不想让这个卑鄙的恶魔知道。

两人握手的刹那，白光盛放。

静止的星空背景突然变成了幽蓝色的神秘旋涡，旋涡中心的黑洞不断将周围的一切吸入其中。

夏千晴忍不住闭上了眼睛，时空旋转的失重感袭来，她一个趔趄，再睁开眼睛的时候，她已经身处晴天文学社的活动室里。脚下不再是神秘莫测的幽蓝星空，而是冷硬光滑的大理石地板。

墙壁上时钟的指针还停留在她进去的时候，窗外依旧是炎热的天气。

幻境100年的时光，不过等同于现实中的一瞬，就如同哲学意境里说的"一花一世界，一眼一万年"吧。

可是在只占据现实一瞬息的时间里，她经历了那么多无人知晓的孤独、痛苦和绝望。

从一开始的狂妄无知、惊喜，到日益艰难的忍耐，到濒临崩溃，到绝望关头的清醒，到再次重振旗鼓，找回自己最初的本心，追求最初的梦想……

"蓝洛斐，虽然我很生气你设陷阱，但我也要谢谢你把我丢进这个百年孤独的幻境。

"如果不经历这些，也许我现在不会这么坚定，要继续走这条用文学力量征服世界之路。"

夏千晴稳住呼吸后，直视蓝洛斐的双眼，挺起了胸膛。

"千晴殿下，你果然成长了……"

变回黑发黑眸正常人类模样的蓝洛斐，盯着夏千晴看了半晌，突然轻轻呵了一声，露出一个轻松的笑容，让夏千晴不由得愣住了。

跟恶魔以往那种虚假的笑容不同，这个笑容看上去似乎很真实。

蓝洛斐是真的在轻松发笑，就连眼睛里都透着真实的笑意，不似以往那样视她如无物。

就好像夏千晴从他眼中渺小如尘土、蝼蚁般的存在，蜕变为可以正视的对象一样。

"你笑什么？是嘲笑我的决心吗？"夏千晴皱着眉头问他。

"不，我只是为千晴殿下感到由衷的开心。"他笑着，随后如变魔术般从手里变出了一个东西，"所以，除了30个积分，这个算是殿下通过特殊试炼的小小奖励……"

蓝洛斐将那个东西朝夏千晴丢来，然后转身回到了自己的专属位子上。

夏千晴伸手接住那个东西一看——

是一个她在幻境里创造出来的妖之国的地图模型，模型封在一个透明的玻璃球内，一根银色的链条连接着这个折射出美丽色泽的玻璃球。

"你……"

夏千晴不想接受恶魔的馈赠，但是又因为这份礼物实在非常合自己的心意，于是瞪了蓝洛斐一眼，在原地犹豫挣扎了半天，最后还是决定留下这个礼物。

这才不算奖励，就当是他设陷阱被拆穿后给的精神赔偿好了。

这么做着心理建设，夏千晴便坦然地把链子挂在脖子上，然后打开活动室的门，朝外面走去。

下了楼，夏千晴站在社团活动中心楼的门口，伸出手挡着刺眼的光线，望向好久不见的真实的天空。

此刻正是艳阳高照，天空的蓝色是那种不染一丝杂质的纯净之蓝。果然，现实里的阳光比幻境中创造的阳光要温暖百倍呢。

好暖，好踏实。

尽管还有麻烦的积分任务等着她去努力完成，但是想到在这个世界里她不是孤独一人，有家人，有朋友，还有更加清晰的梦想在前方朝她招手，她就不再害怕，不再犹疑，内心好像突然充满了动力。

胸前的玻璃球在阳光的照射下反射出七彩的光泽，夏千晴露出了一个自信的微笑，步伐坚定地朝某个方向走去。

加油，文学少女夏千晴，朝着梦想奋力前进吧！

第七篇　百年的马尔克斯

马孔多这个蜃景似的城镇，将被飓风从地面上一扫而光，将从人们的记忆中彻底抹掉，羊皮纸手稿所记载的一切将永远不会重现，遭受百年孤独的家族，注定不会在大地上第二次出现了。

如果世界是天空，那文学就是驱散阴霾的太阳，带来晴天。

加夫列尔·加西亚·马尔克斯（1927年3月6日－2014年4月17日），是哥伦比亚作家、记者和社会活动家，拉丁美洲魔幻现实主义文学的代表人物，20世纪最有影响力的作家之一，1982年诺贝尔文学奖得主。

作为一个天才的、赢得广泛赞誉的小说家，加西亚·马尔克斯将现实主义与幻想结合起来，创造了一部风云变幻的哥伦比亚和整个南美大陆的神话般的历史。代表作有《百年孤独》（1967年）《霍乱时期的爱情》（1985年）。

1990年，马尔克斯与代理人卡门到访京沪，随处可见的盗版书惹恼了马尔克斯。此行后马尔克斯撂下狠话，死后150年都不授权中国出版自己的作品，包括《百年孤独》。1999年得淋巴癌，此后文学产量遽减，2006年1月宣布封笔。在2008年，卡门等人来到中国，进行为期两个月的考察、评估。终于，2010年，中国得到了《百年孤独》的出版授权。之后，《我不是来演讲》《霍乱时期的爱情》等多部马尔克斯作品在中国陆续出版。